今日から悪魔と同居します

Splush文庫

contents

小さな頃から、かわいい物が大好きだった。

色とりどりの千代紙に、かわいらしくデコレートされた甘い甘いスイーツたち。

中でも一番は、ビーズのアクセサリー。

『いつもお留守番、頑張《がんば》ってくれるから、ご褒美《ほうび》にショートケーキ買って帰ろう』

共働きで両親が留守がちだったせいか、母さんはいつの頃からか、週末のおやつに近所のケーキ屋で一つだけ好きな物を買ってくれるようになっていた。

ガラスケースに並んだスイーツの中から一つ選ぶのに、すごく頭を悩ませたっけ……。

あれは、小学二年生のときだったろうか。

いつものように母さんとケーキを買いにいったオレは、ガラスケースを眺めるのに夢中で、ほかの客やその足許に蹲《うずくま》ってたミニチュアダックスに気づかなかった。

「……あ」

何か踏《ふ》んづけたかな、と思った直後――。

キャンッ！

甲高い鳴き声が響き渡ったとほぼ同時に、左の脹脛《ふくらはぎ》に鋭い痛みが走り抜けたんだ。

その後の記憶はあんまり残っていない。痛くて、怖《こわ》くて、とてもびっくりして、大声で泣き叫んだことだけ覚えてる。

オレに尻尾を踏まれて驚いたミニチュアダックスに噛《か》まれたと聞かされたのは、病院で手当てを受けたあとのこと。

以来、オレはすっかり犬が怖くなってしまった。

犬は少しも悪くないって分かっていても、急に噛みつかれるかもしれないと思うと、得体の知れない恐怖を覚えるようになってしまったんだ――。

◇　◇　◇

「あ、くまの……まつえい」

「そ」

エプロンを着けたまま玄関先まで見送りに出てきた母さんがこともなげに頷《うなず》く。

「え……？　ちょっと待って。何言ってんのか、意味分かんないんだけど？」

大学進学のため東京《とうきょう》へ旅立つ当日になって、いきなり何を言ってるんだ、この人は……。

キャリーバッグの持ち手を握り締め、オレは眉間に皺《しわ》を寄せて母さんの顔を覗《のぞ》き込んだ。

「母さんも、早く話さなきゃいけないとは、思ってたんだけど……」

ほんの少しバツが悪そうな顔をしたかと思うと、エプロンのポケットに両手を突っ込んで肩を竦《すく》めてみせた。

「悪魔っていったって、うちの家系はちょっとふつうの人より霊感が強いとか、占い師で食べていけるって程度の魔力しかないし、凌平《りょうへい》だって魔力の兆《きざ》しがないでしょ？」

言われてみれば、母さんは妙に勘が働いたし、親戚には占い師や霊能者を名乗る人がたしかに多かった。

「いや、だけど、魔力って……」

オレの頭の中は、疑問符と感嘆符でいっぱいだ。

いきなり悪魔の末裔《まつえい》だとか、魔力がどうとか言われても、信じられるわけがない。

「そう簡単に受け入れられないと思うけど、世界中には人間に紛《まぎ》れてたくさんの悪魔が暮らしてるの」

「はあっ？」

間の抜けた声が勝手に零《こぼ》れる。

母さんが言うには、悪魔はけっして想像上の物ではなく、今も世界中に存在していて、そのほとんどは人間として生活しているというのだ。

ただ、現在の日本には優れた魔力を持つ純血の悪魔はあまりいなくて、人間と交配したりして魔力が弱まった悪魔がほとんどらしく、人間と同じような人生をまっとうするらしい。

「けどねぇ、ごくたまに、突然先祖返りして強力な魔力をもつ子が生まれる場合があるのよ。そういう人は上級悪魔として英才教育を受けるために、ヨーロッパのどこだかにある特別な機関に入れられるらしいわ」

「へえ、そうなんだ」

オレには他人事《ひとごと》にしか聞こえない。

「でもさ、ふつうに人間として暮らしていけるなら、別に話すことなかったんじゃねぇの？」

ムッとするオレを、母さんは怒ったような、それでいて困ったような顔で睨《にら》んだ。

「母さんだって、言わずに済むなら話したくなかったわ。自分の子どもを不安にさせたくないのは、人間も悪魔も同じなんだから」

「でも、今になってそういうこと言い出したのって、なんか理由があるんだよね？」

これから始まるキャンパスライフに胸を膨《ふく》らませていたっていうのに、いきなりケチをつけられたみたいで、オレは少しイライラし始めていた。

「ところで、凌平。変なこと訊《き》くけど、あんた彼女とか、できた？」

母さんが上目遣いにオレを見つめる。

「ハアッ？　急になんだよ。いるワケないじゃん！」

「そうよねぇ。女の子より甘いお菓子が好きなんだものねぇ」

母さんは呆れ顔で溜息《ためいき》を吐《つ》いた。

言われたとおり、オレは甘い物に目がない。

洋菓子も和菓子も、いわゆるスイーツと呼ばれる物はなんでも大好きだ。

高校時代はアルバイト代のほとんどをつぎ込んで、女子たちとスイーツショップ巡りをしまくっていたくらいで、それこそ、学校帰りに男友だちと遊ぶより、女子とパフェを食べに行く方が多かった。

まあ、そのせいか、女子にはあんまり男として見てもらえなかったんだけどさ。

「それと悪魔って話と、どんな関係があんのさ」

唇を尖らせると、母さんがそっとオレの額《ひたい》に手を伸ばしてきた。

「ココ、赤く発疹《ほっしん》みたいなのができてるでしょ？　甘い物の食べ過ぎならいいんだけど」

言われて自分でも額に触れてみる。すると、たしかに皮膚《ひふ》が少し爛《ただ》れたようになっている部分があった。

「あ、ほんとだ」

「悪魔は魔力の強さにかかわらず、自然と人間を惹《ひ》きつけるものなの。おまけに性欲も人間より強くてね。だから基本的に性的経験を早めに済ませるものなんだけど……」

母さんが言いづらそうに目を伏せる。つやつやで張りのある頬《ほお》を染めて恥じらう様子はとてもアラフィフには見えない。ぶっちゃけ、その辺の同年代の女優とかより母さんは美人でかわいい。

そして、自慢じゃないけど、母親似と評判のオレも、アイドル顔で女の子の受けがいい。

まあ、モテるかどうかは、別として……だけど。

「凌平、今まで好きな子とか付き合ってる子、紹介してくれたことが一度もなかったでしょ」

「それってどういう意味だよ？」

暗に童貞ってことを揶揄《からか》われた気がして、ふいっと顔を背ける。

どーせオレは残念スイーツ男子だよ。

十八にもなって色っぽいことに興味がなくて、今まで誰とも付き合ったことがない。おまけに、性欲も少ないみたいで、同年代の男子みたいに「ヤりてぇー」って欲求もほとんどなかった。

「悪魔は満たされない欲を魔力として蓄積するの。とくに影響するのが性欲で、上手く魔力が扱えるなら問題はないんだけど……」

言いながら、母さんは心配そうにオレの額を見つめる。

オレの額に出た発疹をやたらと気にしているようだ。

「それとコレとどういう関係があるんだよ？」

不審に思いつつ訊ねるけれど、母さんから返ってきたのは見当はずれな言葉だった。

「無自覚に性欲を溜め込んだ場合、突然、魔力が発現することがあるらしいわ。それは魔力の低い家系でも、あり得るって聞いて……」

そのために、たとえ魔力の兆しが見られなくても、悪魔の血を引く子どもたちは高校、もしくは大学で悪魔としての基礎教育を受けなければならないと母さんは打ち明けた。

「やたらあの大学の推薦《すいせん》受けろって言ってきたのって、それが理由？」

進学する予定の大学は、東京の郊外にある私立大学だ。

これといった夢も目標もなく、とりあえず大学に入ってそれなりのところに就職できればいいと考えていたオレは、母さんに勧められるまま大学の推薦入試を受けた。

けどそれが、まさか悪魔が進む大学だったなんて……。

「悪魔の血を引く学生向けに特別講義をやってるのが、あの大学だけだったのよ……」

そう言って、母さんが申し訳なさそうな表情を浮かべる。

「今まで悪魔だってこと黙っていて悪かったわ。でも、大学に行っていきなり事実を知るより、ちゃんと話してからの方がいいと思ったの」

正直、まったく知らないところで勝手に人生を決められたみたいでなんだか腹が立つ。

でも、将来のことをしっかり考えていなかった自分が悪いと思わないこともない。

「本当にゴメンね」

少女みたいな顔で目を潤《うる》ませる顔を見ていたら、怒るに怒れない気持ちになる。そういえば、オレは昔から母さんのウルウルした瞳に弱かった。

――ああ、これが悪魔の魅力ってやつなのかも。

「まあ、前もって話してくれてよかったよ」

母さんの言うとおり何も知らないまま入学していたら、驚いて逃げ帰ったかもしれない。

「多分、魔力なんてオレには縁がないと思うけど、大学行くの楽しみにしてたし、ついでにちゃんと悪魔がどんなものか勉強してくるよ」

苦笑を浮かべると、母さんはほっとしたのか花が咲いたような笑顔になった。そして、ハッとしてオレを急かす。

「ほら、急がないと電車の時間！」

「えっ？　あ……じゃあ、行ってきます！」

結局、額の発疹が悪魔とどう関係するのか確かめられないまま、オレは新しい生活への一歩を踏み出したのだった。


『大学自体はふつうのちゃんとした大学よ。でも今年度の悪魔特別講義対象者は、凌平だけなんですって。下宿先の方は大学の准教授で、日本じゃ滅多にいない純血の……しかも上級悪魔だって話よ。勉強だけじゃなくて悪魔としての生活についてもしっかり教えてもらいなさい』

「いきなり悪魔とか言われても、自覚なんてないのにどうしろっていうんだよ」

泣き顔をコロッと笑顔に変えた母さんの言葉を思い出し、ぼそりと独《ひと》りごつ。

「だいたい、悪魔なんて……角とか羽とか変な尻尾が生えてんじゃないの？」

宗教画や映画の世界で描かれる悪魔像をぼんやり思い浮かべた途端、ブルッと身震いがした。

「まさかいきなり、とって食われたりしないだろうな……」

スマートフォンの地図アプリを頼りに、オレは東京駅から列車で四十分ほど離れた郊外の住宅地を歩いていた。キャリーバッグを引っ張るゴロゴロという音が、昭和の匂いが残る町並みに響き渡る。昼下がりということもあってか、人通りが少なくてとても静かだ。

「えっと、この角を曲がった路地の突き当たり……」

液晶画面を確認しつつ角を曲がったオレは、目に飛び込んできた光景に思わず足を止めてしまった。

細い路地の先には、時代劇に出てきそうな立派な日本家屋が建っていた。背後にはこんもりとした山が連なっていて雰囲気も抜群だ。

「ウソ、でしょ」

オレはゆっくり近づきながら、瓦屋根のついた大きな門や屋敷を囲む塀を見回した。塀の上部はきれいな白壁で、下部は黒い板張りになっている。分厚い木製の両開きの扉は随《ずい》分《ぶん》と年季が入っていて時代を感じさせた。

悪魔の家だっていうから、てっきり古びた洋館だとばっかり思ってたのに予想外にもほどがある。

「ほんとに、ここで合ってんのかな」

胸に不安が過《よぎ》る。確かめようにも、表札やインターフォンが見当たらない。

だいたい、呼びだして出てきた人に「あなたが悪魔の先生ですか？」なんて訊いて間違ってたら、頭のおかしなヤツだって思われるに決まってる。

きょろきょろしていると、見計らったように門の脇にある潜り戸が開いた。

ぬっと扉をくぐって出てきたのは、三十代後半ぐらいのスーツを着た男だ。オレを認めるなりぎろりと睨みつけてくる。

「えっ、あの……」

事情を説明しようとしたオレは、けれど、目の前に立つ男の容姿に目を奪われ、言葉を失ってしまった。

見上げるほどの長身で、多分、百八十センチは軽く超えているだろう。彫りの深い顔立ちに、少し赤みがかった灰色の瞳。何より、煉瓦色《れんがいろ》の髪から目が離せない。少しウェーブのかかった豊かな髪をオールバックに撫《な》でつけ、ブリティッシュスタイルのスーツを着こなす姿はまるで英国紳士かスパイ映画に出てくる俳優みたいだ。

古い日本家屋から、スーツを着た赤い髪のイケメンが出てくるなんて想像もしていなかったオレは、そのギャップのあまりついぼんやりと見蕩《みと》れてしまった。

「乾凌平《いぬい》だな？」

すると、男がいきなりオレの名前を口にした。

「へ？」

名乗ってもいないのに……と我に返ったところを、むんずと腕を摑《つか》まれる。

「何をボーッとしてる。さっさと中に入れ」

そう言ってオレの手からキャリーバッグを奪ったかと思うと、男は出てきたばかりの小さな潜り戸に向かった。

「え？　あの、……えっと、その……」

何がなんだか分からないまま引き摺《ず》られるオレを、男が不機嫌そうな顔で振り返る。

「黒葛原《つづはら》だ」

「え？」

灰赤色の瞳に見据えられ、息を呑む。

「この家の主《あるじ》で、お前の特別講義を担当することになっている」

「あなたが、つ……黒葛原先生？」

「そうだ。黒葛原凱《がい》だ」

低く腹に響く声が、鼓膜にねっとりこびりつくようで、どうしてだか腹の奥がじくじくと疼《うず》いた。

「早くついてこい。三度、同じことを言わせるな。俺にはのんびりお前の相手をしている暇などないのだからな」

抑揚のない声で告げると、黒葛原先生はそのまま長屋門の奥へ姿を消してしまった。

「……え？」

あの人が、母さん曰《いわ》く、日本じゃ有数の純血の、上級悪魔……？

角も羽も、尻尾も生えてないじゃん。

「って、人間に紛れて生活してるんだから、当然か」

などと自分に突っ込んでいると、苛立った声が門の向こうから飛んできた。

「おい、聞こえなかったのか！」

「は、はいっ……今、行きます！」

オレは大声で答えると、急いで黒葛原先生のあとを追った。

門の中に入ると、玄関まで石畳が敷かれていて、両脇にこぢんまりとした庭が広がっていた。奥の方には立派な土蔵も見える。

先生が玄関の前で待ってくれているのに気づいて、オレは慌てて駆け寄った。

「す、すみません」

小さく頭を下げると、先生が無言で玄関の引き戸を開けて中へ促してくれる。

ひんやりとした土間は薄暗く、奥には竈《かまど》が見えた。

——今も使ってんのかな？

まるで江戸時代にタイムトリップしたような気分で、物珍しさから思わずあちこち見回してしまう。

「ず、随分……古いお家ですね」

土間に入ってすぐ左手には三畳ほどの板間があった。

そこへ黒葛原先生のあとに続いて上がりながら、思ったままを伝える。

すると、先生はオレのキャリーバッグを手に提げたままボソッと答えた。

「もとは江戸時代に建てられた、このあたりの大名主の屋敷だそうだ。心配しなくても電気も水道もふつうに使えるし、風呂もキッチンもオール電化でインターネット環境も整っている」

黒葛原先生は大きなストライドで奥へ進みながら、ぶっきらぼうな口調で続けた。後ろをついて歩くオレを振り向きもしない。

板間から広間を抜けて縁側に出ると、見事な日本庭園が広がっていた。そこから奥に進むと、小さな渡り廊下の向こうに離れが見えてくる。

「あそこがお前の部屋だ。送られてきた荷物はすべて運び入れてある。荷解きが終わったらキッチンに顔を出せ。夕飯ついでに、これからのことを説明する」

渡り廊下の手前でキャリーバッグを置くと、黒葛原先生はあっさり背を向けた。

「え？　あの……っ」

挨拶《あいさつ》もまだちゃんとしていないと思って呼び止めたけど、先生は知らん顔で母屋に戻っていってしまった。

「……なんか、取っつきにくい人だな」

下宿させてもらうだけでなく悪魔の講義もあるから、一緒にいる時間が長くなりそうなのに、こんなんでこれから四年間、やっていけるんだろうか。

オレは不安に思いつつ、離れに足を踏み入れた。

与えられた部屋は、予想外にもフローリングの洋間だった。大きな窓から日の光が充分に差し込んで居心地もよさそうだ。

「ほんとに、全部揃《そろ》ってる」

広さは八畳ほどだろうか。部屋には飾り気のない勉強机やベッドにクローゼット、それにローテーブルやスタンドライトまで、必要な家具一式が揃えられていた。

身のまわりの物だけ持ってくればいいと聞いていたけれど、ここまでとは思っていなかったので正直ありがたかった。

「あ、でも……テレビはないんだ」

ぼそりと呟《つぶや》いて、まあ、ノートパソコンがあれば配信動画で充分かと思う。

「とりあえず、片付けるか」

キャリーバッグを部屋の隅に置くと、ジャケットを脱いでカットソーの腕を捲《まく》った。

荷解きといっても、段ボール箱からクローゼットに服を入れ替えたり、文具を机に並べたりするだけだ。スイーツショップ巡り以外にこれといった趣味もないから、もともと持ち物が少ない。服もとりあえず春夏物だけで、秋冬物は後から送ってもらうことになっている。だから段ボール箱だって、大きいのが四つだけだ。

一時間もかからずに段ボール箱を空にしたオレは、ベッドにごろりと転がって大きな溜息を吐いた。

「はぁ……」

今日一日で、いろんなことが起こり過ぎて、正直、頭が混乱してる。横になった途端どっと疲れが押し寄せてきた。

「いきなり悪魔だなんて言われて、信じられるわけないじゃん」

もうすぐ十九歳になるこの年まで、ふつうの人間だと思って生きてきた。

大学に入ったらそれなりに勉強を頑張りつつ、サークルとかバイトとか学生生活を楽しんだら、卒業後は食うに困らない程度の仕事に就《つ》いて、そのうちかわいい女の子と結婚できたらいい。甘いかもしれないけど、そんなごくごく平凡な人生を送れたらいいな……って、ぼんやり考えていたんだ。

ブツブツと独り言を呟くうち、あまりの理不尽に沸々《ふつふつ》と怒りが込み上げてきた。

「だいたい、大学の准教授が悪魔だなんて、意味分かんないし」

脳裏に煉瓦色の癖のある髪や、彫りの深い顔が思い浮かぶ。

「あー、でもあの人なら、悪魔だって言われても、ちょっと信じちゃうかも」

この家——黒葛原准教授のところに下宿すると聞いて、どんな人か気になってここに来る列車の中で少し調べてみた。けれど、大学公式ホームページの教員一覧には、黒葛原凱という名前と宗教史を担当しているということ以外、何故か何も書かれていなかったのだ。

「どんな人かと思ってたけど、まさか……あんなインパクトある人だとは思わなかったな」

黒葛原先生の容姿を再び脳裏に思い描く。

名前はまるきり日本名だけど、どう見たって日本人には見えない。

純血の悪魔って、やっぱり西洋人っぽい顔立ちになるのかな？

もしかして、ハーフなんだろうか？　それならあの赤毛や顔立ちも納得できる。けど、やっぱりすぐには悪魔だなんて信じられない。

もしかしたら、母さんも含めて変な宗教にハマッてるだけで、結局みんなフツーの人間だったりして――。

ぼんやりと天井を眺めつつアレコレと想いを巡らせるうち、瞼《まぶた》がだんだんと重くなってきた。

今寝ちゃったら……ヤバい。

頭ではそう思うのに、精神的にも肉体的にもかなり疲れていたんだろう。

オレはそのままゆっくりと、意識を手放してしまった。


目が覚めたとき、外はすっかり暗くなっていた。

「……あ、れ？　ここ、どこだっけ？」

のそりと起き上がって周囲を見回す。

「……そっか。東京の……黒葛原先生ン家だ……」

寝起きでぼんやりした頭をどうにか働かせてことの経緯を思い出し、ほっと胸を撫で下ろす。そして枕許に転がっていたスマートフォンを手にとると、液晶画面に浮かぶ数字を見つめた。

「うわっ！　もう八時過ぎてンじゃん！」

初日から大失敗じゃないか。

慌ててベッドから下りようとしたとき、自分の身体にブランケットがかけられていることに気づいた。ふと窓に目を向けると、開け放っていたガラス窓が閉まっている。

「もしかして、先生が……？」

いつまで経っても母屋に顔を出さないのを不審に思って、先生が様子を見に来てくれたんだろう。そこで居眠りするオレを見つけて、ブランケットをかけてくれたに違いない。

「ちょっと、びっくりだな」

頬が勝手に綻《ほころ》ぶのを感じながら小さく呟く。

迫力のある容貌やぶっきらぼうな口調から、こんな気遣いができる人だとは想像していなかった。

「もしかしたら、フツーにいい人なのかも」

人を見た目で判断しちゃいけない……なんて思いつつ、オレは急いで母屋へ向かった。

『荷解きが終わったらキッチンに顔を出せ』

黒葛原先生はああ言ったけれど、キッチンがどこにあるのか分からない。

仕方なく平屋建ての屋敷の中をうろうろしていると、一カ所、明かりが漏《も》れ出ている部屋を見つけた。

二センチほど開いた襖《ふすま》の前に立ち、おずおずと中へ呼びかけてみる。

「先生、こちらに……いらっしゃいますか？」

学校の先生にこんなふうに丁寧に呼びかけたことなんてなかった。なのに、何故だか黒葛原先生に対してだと、自分でもびっくりするぐらいしゃちほこばってしまう。

するとしばらくして、そっと先生が顔を出した。

「やっと起きたのか」

「……すみません」

先生に無表情のまま見下ろされると、黙って項垂《うなだ》れるしかない。身長差は二十センチ近いだろう。彫りの深い顔立ちも相まってか、圧倒されてしまう。

「まあいい。中へ入れ」

先生は襖を大きく開けると、オレを中へ促した。

「し、失礼します」

ぺこりとお辞儀をしてから足を踏み入れると、六畳ほどの和室にはアンティークっぽい書棚が所狭しと置かれていた。その中には横文字のタイトルが書かれた古くて分厚い本や、得体の知れない標本みたいな物が並んでいる。

悪魔だなんて言ってるだけに、気持ち悪いモノだったら嫌だから思わず目を背けた。

もしかして、講義とかで使うんだろうか。だったらちょっと困る。

「急ぎの調べ物があってな」

多分、この二間続きの部屋は黒葛原先生の書斎なんだろう。

窓際に配置された机——これも古そうな西洋机だ——に目を向けると、開かれたノートパソコンが置かれている。どうやら先生は仕事中だったらしい。まだしっかりとスリーピースのスーツを着込んだままだ。

「終わるまで夕飯は待てるか？」

江戸時代から残る古民家の一室とは思えない異空間ぶりに気圧《けお》されて、返事が一瞬、遅れてしまう。

「大丈夫、です」

先生はオレに背を向けて机につくと、左の親指を立てて続き間の襖を指差した。

「奥の部屋に椅子《いす》があるから、それに座って待っていろ」

言い終わると同時に、軽快にキーボードを叩き始めた。

「わ、分かりました」

いい人っぽい……と思ったのは間違いだったな。

取りつく島もないいつっけんどんな態度にびくびくしながら、襖を開けて暗い部屋を覗き込む。

すると、奥の部屋もアンティーク調の書棚やキャビネットがずらりと並んでいた。

その一角に、先生が言ったとおり二、三脚の丸椅子が置いてあるのを見つける。

「あった、あった」

小さく呟いたとき、とりわけ古そうなコーナーキャビネットが目に飛び込んできた。

「へえ、かっこいいな」

アンティークガラスの扉の向こうには、高級そうなティーカップやポット、絵皿が飾られている。

きれいな彩色が施《ほどこ》されたティーカップで紅茶を飲んだり、ティースタンドに盛られたスコーンやケーキを食べたらどんなに美味《おい》しいだろう。スイーツ男子としてついつい妄想が膨らむ。

興味津々に扉の中を覗き込んでいたオレは、下段の隅に小瓶がひっそりしまわれていることに気づいた。

高級そうな食器たちとはまるで雰囲気の違う、不格好に歪んだガラスの小瓶だ。中には黒い色をした何かが入っている。

「なんだろ、コレ？」

好奇心に突き動かされるまま、オレはそっとガラスの扉を開けた。

ティーカップに手が触れないよう注意しつつ、小瓶を手にとる。

「きれいな瓶だな」

うっすらと緑がかった小瓶は、古びたコルクで栓《せん》をされていた。掌《てのひら》にすっぽり収まるほどの小瓶の底の部分に、墨みたいな黒い液体が入っている。

「薬か、なんか……かな？」

目の前に掲《かか》げて小さく揺らしてみた、そのとき――。

「何をしている！」

背後から腹に響くような低い怒声を浴びせられた。

「えっ、うわっ……」

驚きに跳び上がったオレの手から、はずみで小瓶が零れ落ちる。

「あぁっ！」

咄嗟《とっさ》に手を伸ばしたけど、間に合わない。

次の瞬間、小瓶はキャビネットの角にぶつかって、小さな音を立てて割れてしまった。

「貴様……っ」

唸《うな》るような声を漏らし、黒葛原先生が大股で近づいてくる。逆光のせいで、先生の髪が燃え盛る炎みたいに見えた。

「まさか、アレを割ってしまったのか……っ？」

小瓶は栓がはまったままの上部と、丸く膨らんだ下部の二つに分かれ、畳の上に転がっている。幸い、黒い液体は思った以上に粘度があって、瓶の底に残ったままだ。

「ごっ、ごめんなさい……っ」

オレは謝りながらしゃがみ込み、慌てて小瓶の下部の方へ手を伸ばした。

ひどく動揺していたんだろう。

「痛……っ」

人差し指の先に鋭い痛みを感じたかと思うと、みるみるうちに血が溢《あふ》れ出した。

触れたはずみで小瓶が転がって、中の黒い液体がどろりと流れ出る。

そこに、傷口から流れ出た血が数滴、ぽとぽとと滴《したた》り落ちた。

「うわ、血……結構、出てるっ！」

「馬鹿か！　無闇に触れるからだ。見せてみろ」

黒葛原先生が背後からオレの左腕を摑んで、無理矢理立たせようとした。

「あ、ちょっと、待っ……」

強引に身体を引き上げられてバランスを崩し、尻餅《しりもち》をつきそうになる。

直後、薄暗い室内に閃光《せんこう》が走った。

「……えっ？」

あまりの眩《まぶ》しさに、固く目を閉じる。

同時に、すぐそばで黒葛原先生の困惑に震える声を聞いた。

「そん……な、まさか――」

オレの腕を摑む手に、力が込められる。

「い、痛いです。先生……っ」

締めつけられる痛みに耐え切れず、オレはおそるおそる瞼を開いた。

すると、信じられない光景が目に飛び込んできた。

「……う、そ」

割れた小瓶から零れ出た黒い液体が、まるでアメーバみたいに畳の上でうねっている。しかも、ほんの少量だったはずが、いつの間にか畳一枚を覆うほどに体積が増えていた。

「せ、せんせ……あ、あれ、なんです……か？」

震える声で問いかけたとき、突然、目の前の黒い液体から黒煙が立ち上った。

「うわっ……！」

室内を饐《す》えた臭いのする煙が満たし、咳き込まずにいられない。

「ケホッ……ケホン、ケホッ……」

傷を負った指先が、鼓動に合わせてジンジンと疼く。出血の量が多いのか、触ってみなくても右手がべっとりと濡《ぬ》れているのが分かった。

「なんだよ、この煙……っ」

何が起こっているのか、まるで分からない。

オレは咳き込みながら痛む右手で懸命に煙を払った。

そのとき、不意にきつく摑まれていた左腕が自由になったかと思うと、黒葛原先生が震える声で小さく呟くのが聞こえた。

「ケ……ルベロ……ス」

「……な、なんですか？」

言葉の意味が分からないまま、片目だけを薄く開く。

すると、徐々に煙が晴れていく中、畳の上で何かがもぞもぞと動くのが見えた。

アンッ、アンアン。

突然、耳に飛び込んできた子犬の鳴き声みたいな甲高い声にぎょっとして、今度は両目をしっかり見開く。

「……え」

視線の先に捉えた姿に、オレはぺたんとへたり込んでしまった。

背後では黒葛原先生が声もなく立ち尽くしている。

アンッ！　アンアンッ！

畳の上でしきりに小さく吠えているのは、子犬——だ。

シェパード犬によく似たソイツは、けれど、ただの子犬じゃない。

「あ、たま……が、三つ……ある」

長い舌を出して息を弾ませる子犬は、一つの身体に頭を三つもっていた。おまけにそれぞれ目の色が違っている。オレから見て、真ん中の頭は金色の瞳をしていて、左の頭は黒い瞳、そして右の頭は銀色の瞳だった。

しかも、それぞれが意思をもっているようで、正直、気持ち悪い。

「な、なんなの、コイツ……」

茫然《ぼうぜん》として呟くと、三つの頭が一斉にオレの方を向いた。そしてそのまま、オレに飛びかかってきたのだ。

「う、うわぁっ！」

瞬時に、幼い頃、犬に噛まれた記憶が甦《よみがえ》った。

慌てて逃げようとしても間に合わない。

激しくじゃれつかれて、オレは仰向けに押し倒されてしまった。

子犬といっても大きさは柴犬の成犬くらいはあって、脚も太くてずっしりと重い。

子犬は尻尾を振ってキュンキュンと鼻を鳴らしながら、三つの舌でオレの顔や手をしきりに舐《な》めてくる。

「ななな、なにっ？　なんなの、コイツらっ……」

激しい混乱に、傷の痛みも忘れてしまう。

「ケルベロス……だ」

黒葛原先生がオレを見下ろして繰り返す。その声が若干、震えているように聞こえたのは気のせいだろうか？

「ケ、ケルベロ……ス？」

恐怖のあまり身体が硬直して、全身にどっと冷や汗が噴き出した。

子犬——ケルベロスはオレに覆い被さって、甘えるように鼻を鳴らしたり顔中を舐め続けている。

「そうだ。冥王《めいおう》ハデスの血を引く者のみが使役できる、冥府の番犬」

やっぱり、先生の声は上擦《うわず》っている。

オレを見下ろす瞳は大きく見開かれていて、心なしか目許が紅潮しているようだ。

「そっ……そういえば、ゲームにそんな名前のキャラクターが……」

そんなことを思いつつ、のしかかったケルベロスをおずおずと見つめる。

するとオレの視線を感じたのか、三つの頭が同時に舐めるのをやめて見つめ返してきた。

子犬とはいえ、犬は犬だ。

「た、頼むから……噛むなよ？」

しきりに尻尾を振って鼻を鳴らしながら甘えられても、子どもの頃に刷り込まれた恐怖は簡単に拭《ぬぐ》えない。

「おい、乾凌平」

ケルベロスたちと目を合わせたまま固まっていると、頭上から名前を呼ばれた。

「な、なんですか。先生……」

畳に転がった体勢で引き攣《つ》った顔を向けると、先生がそっとケルベロスを抱き上げてくれた。

「お前、自分の先祖について何か聞いていなかったか？」

先生は驚いた様子で問いかけながら、ホッとしてよろよろ起き上がるオレを見つめる。

「たしか身上書には、母方が悪魔の末裔で、六代前まで遡《さかのぼ》っても強力な魔力を持つ者はいないと書かれていたはずだが……」

だんだんと表情を険しくする先生の額にうっすらと汗が滲《にじ》んでいた。

オレは立ち上がって先生から少し離れると、ケルベロスの様子を窺《うかが》いつつ答えた。

「……はあ。オレも今日家を出るまで、自分が悪魔の血を引いてるなんて、ぜんっぜん、知らなかったぐらいですし」

あえて、全然、のところを強調する。

ていうか、こんな三つも頭のある犬を見るまで、悪魔なんて冗談か妙な宗教なんじゃないかと思っていたくらいだ。

すると、先生が深い溜息を吐いた。

「まさか、そんなことが……。いや、しかし……」

先生は右手で顔を覆うと、オレとケルベロスを交互に見ては小さく首を振ったりする。

「あの、オレの先祖と……このケルベロスと、何か関係があるんですか？」

おずおず質問すると、先生は一際大きな溜息を吐いた。

「はあっ」

そして、顔を覆っていた手を外し、ギロッとオレを睨んでくる。

「……え、あの……？」

鋭い眼光に、思わずほんの少し後ずさりしてしまった。

「あの小瓶に何故触れようと思った」

オレの質問には答えてくれないまま、先生はさらに質問を続けた。眉間に深い皺を寄せ、目尻が吊り上がっている。瞬《まばた》きしない瞳が、妙に赤みを帯びて見えた。

「な、何故って……気になっただけ、です」

うわぁ、これ、めっちゃ怒ってる。

悪いことをした自覚があっただけに、これはとにかく謝らなきゃいけないと思った。

「その、勝手に触ったことは謝ります。それに、割っちゃって……こ、こんな変なの、出しちゃって、本当に、ごめ……っ」

「そんなことはどうでもいい――っ！」

襖や障子《しょうじ》がビリリと震えるほどの怒声に遮《さえぎ》られ、オレはハッとして息を呑んだ。

眼前に、先生の整った顔。

その目が、赤い――。

あ……悪魔、だ。

「せ、んせ……」

「これまで本当にただの一度も魔力を感じたことはないのか？　一族の始祖について、誰からも教えられなかったのか？」

黒葛原先生は何かに取り憑《つ》かれたみたいに一気に捲し立てる。

「お前、童貞か？　男女関係なく、経験人数はどれくらいだ？」

「ハアッ？　な、何を……」

先生はケルベロスを抱いたまま、とんでもない質問を口にしながら詰め寄ってきた。

「マスターベーションの頻度はどれくらいだ？　ん？　頭をちょっと見せてみろ」

片腕でケルベロスをしっかと抱え、先生はいきなりオレの頭に手を伸ばしてきた。

「ひゃあっ！」

ケルベロスが近づいて堪らず肩を竦めると、額にかさついた指で触れられる。そこは、朝、母さんに言われた発疹のあるあたりだった。

「うむ。背中はどうなってる。最近、尾てい骨のあたりがむず痒《がゆ》くなることはなかったか？」

混乱に陥って身じろぐこともできないオレをよそに、先生は背中や尻を探るように弄《まさぐ》る。

「うわぁ……っ！　なななな、なにするんですかぁ——っ！」

ジーンズを下ろされそうになったところで、オレはとうとう絶叫した。

するとそのとき、黒葛原先生の腕に抱かれたケルベロスが一斉に吠え始めた。

アンッ！　アンアンッ！　ウゥーッ、アンアンッ！

「……くそ。別にこいつを虐《いじ》めているんじゃない。静かにしないか」

それまでの甘えた鳴き声じゃなく、敵を威嚇《いかく》するようなけたたましい吠え声に気圧され、黒葛原先生がオレからそっと離れる。

「まったく……これはもう、偶然でも間違いでもないということか……」

先生は軽く舌打ちして、吠えたてるケルベロスの身体を宥《なだ》めるように撫でてやった。

「あ、あの……。オレには全然、話が見えないんですけど……？」

オレはなんとか落ち着きを取り戻すと、ジーンズのウェストをぐいっと引っ張り上げた。

そして、吠えるのをやめてオレに向かって尻尾を振るケルベロスを睨みつつ先生に質問をぶつける。

「さっきも言ったとおり、今朝までふつうの人間だと思ってたんですよ？　それがいきなり、悪魔だとか……ケルベロスだとか、こんな頭三つもある怪獣みたいなのに飛びかかられて……。いろいろ訊きたいのはオレの方ですってば」

ぶつぶつと愚痴《ぐち》るオレに、ケルベロスたちは嬉しそうに目を細め、キュンキュンと鼻を鳴らす。

「だいたい、オレ、犬が超絶苦手なんですよ」

語気を強めると、意外なことに、黒葛原先生はすぐに軽く頭を下げて謝ってくれた。

「それは、すまなかった」

今までの太々しさが嘘みたいに、どこかバツが悪そうな表情を浮かべている。見れば、真っ赤になっていた瞳が、もとの穏やかな灰赤色に戻っていた。

「予期していなかった事態に、つい、取り乱してしまった」

そう言うと、先生は赤い髪を掻《か》き上げて小さく咳払いをした。そして、まるで照れ臭いのを誤魔化すみたいに、オレに怪我《けが》した右手を出すように促す。

「説明より、傷の手当てが先だ。ほら、見せてみろ」

「あ、はい」

夢みたいな出来事が立て続けに起こったせいで、オレは怪我をしたことをすっかり忘れていた。

「あれ？」

言われるまま差し出した右手を見た瞬間、思わず声が零れた。

血塗《ちまみ》れになっていると思っていた右手には、血が滴った痕どころか小さな傷一つ見当たない。らない。

「傷が……消えてる」

あんなに、血が出てたのに……。

「見せてみろ」

茫然とするオレの手を黒葛原先生が乱暴に摑んで引き寄せる。そのとき、ケルベロスを右の脇に抱え、さり気なくオレから遠ざけてくれた。

そうして何度も角度を変えて手や指を確かめると、数度、小さく頷いた。

「ふむ」

「何が、どうなってるんですか？」

手を引っ込めながら、一人で納得した様子の先生を見上げる。

ケルベロスたちは暴れることもなく、それぞれ口を開いて息を弾ませていた。大きな口を開けて長い舌を出した顔は、笑っているように見えなくもない。

「さっき、ケルベロスがお前のことを舐め回していただろう」

「え、まさか、コイツらに舐められて、傷が治ったとか……？」

そんな魔法か手品みたいなことがあるもんか、なんて思っていたオレに、先生はゆっくりと頷いてみせた。

「その、まさかだ」

短く答えると、先生は丸椅子を手にしてもとの西洋机がある部屋へオレを促した。

そして、ケルベロスを奥の部屋に下ろすと、淡々とした口調で命じる。

「凌平に危害を加えることはないから、おとなしく待っていろ」

ケルベロスがちょこんとお座りすると、先生は静かに襖を閉めた。

「魔力がないと聞いていたお前が、ケルベロスマスターだったとは……」

オレが丸椅子に腰かけるのを見てから、先生も自分の椅子に腰を下ろす。

「その、ケルベロスマスターって、いったいなんなんですか？」

「さっきも言っただろう。ケルベロスは冥王ハデスに仕えた冥府の番犬。ハデス王が冥府を治めるようになって以来、長きにわたってその血を引く者がマスターとしてケルベロスを使役し、冥府の門番を務めてきた」

先生はまっすぐにオレを見据え、淡々とした口調で説明を始めた。

「だが三百年ほど前、先代のマスターが消滅した。ケルベロスはマスターを失うと、さっきのように液状化して番犬としての務めを果たせなくなる」

「え、ちょっと待ってください。三百年前って……？」

先生の言葉に耳を疑う。

「先生って、何歳なんですか？」

どう見たって三十代後半といったところだ。とても数百年前から生きているように見えない。

「俺の生きた歳月などどうでもいい」

けれど、先生は質問に答えず先を続けた。

「我が一族は代々、ケルベロスマスターを支え、手足となって働きながら、ケルベロスの世話をするのを主な務めとしている。だが、マスターが消滅し、ケルベロスが液状化したときは、門番の代役を務めると同時に……新たなマスターを捜す任務を課せられているのだ」

「はあ」

オレは曖昧《あいまい》に頷きながら先生の話を聞いていた。

だって、先生の話は想像の範囲を軽く超えている。まるで中二病を拗《こじ》らせた人の妄想話そのものだ。

けれど、さっき目の当たりにした出来事が、先生が真実を話しているんだってオレに突きつける。

「俺たち一族はケルベロスマスターとなる者を捜し求め、世界各地を彷徨《さまよ》った。だが時代とともに人間との混血が進み、ハデスの血を引く者はすっかり途絶えてしまっていたのだ。しかしあるとき、極東の島国にハデスの末裔がいるらしいという噂《うわさ》を耳にした」

「ちなみに、それっていつ頃の話ですか？」

「たしか百三十年ほど前、今で言う……明治時代だな」

「……めい、じ」

そんな昔から生きているのかと、信じられない想いに口がぽかんと開いてしまう。

「日本に渡って百三十年が過ぎても、新たなマスターとなる者を見つけられず、もう駄目かと諦《あきら》めかけていたとき、お前が目の前に現れたのだ」

先生はそう言うと、オレを見つめて目を細めた。

「あの、質問していいですか？」

穏やかな灰赤色の瞳に見つめられて、ちょっとドキドキしながら問いかける。

「なんだ」

「マスターだった人が消滅……って、つまり、死んだ……ってことですか？」

「悪魔といっても永遠に存在するわけではない。だが、人の死とも異なる概念になるため、消滅という言葉がふさわしいかと思う」

悪魔は純血種であればあるほど、また魔力が強いほど長命らしい。けど、人間と交わって血が薄くなった悪魔は、人間並みにしか存在しない——生きられないということだった。

「……どっちにしろ、いなくなっちゃうってことですよね」

先生の小難しい説明を自分なりに解釈しつつ、悪魔といってもやっぱり死ぬんだ……なんて思っていた。

そりゃそうか。おじいちゃんもオレが生まれる直前に亡くなったって聞いたし。

ぼんやりと考え事をしていると、黒葛原先生は説明を再開した。

「冥府の門番が不在となって、数百年も間が空いたことはなかった。そのため人間界から冥府に送還され封じ込められていた悪魔たちが、ここ数年の間に徐々に門を抉《こ》じ開けて人間界に逃げ出すようになっているのだ」

「……え、それってヤバいんじゃないんですか？」

「ああ……。今も人間界に暮らす悪魔は……言葉はおかしいが節度をもって人間と接してきた。しかし、冥府から逃げ出そうとする者たちはそうではない。人の欲望や悪意につけ込んで悪事を働かせたり、故意に事故を起こさせたりする。下手をすれば、国同士の争いに発展するかもしれない」

「……それって、戦争……ってこと？」

唖然《あぜん》とするオレに、先生が苦笑を浮かべて頷く。

「ケルベロスマスターが見つかるまでは……と、一族の者でどうにか門を閉じようとしてきたが、ここ数年で奴らの動きに異変が見られるようになっていてな」

「何があったんですか？」

自分が悪魔だなんてなかなか信じられないけど、オレはいつの間にか先生の話に夢中になっていた。

「どうやら、冥府でくすぶっていた悪魔や亡者たちを先導する者がいるということが分かったのだ。しかし、その実態はいまだ闇に包まれたまま……」

そう言って、先生はちらっとオレを見た。太く凛々《りり》しい眉がキュッと寄って、その表情はとても苦しそうだ。

「もともと冥府に送還された悪魔たちは、己のことしか考えない身勝手な者ばかりだ。だが、何者かによって統制のとれた集団となりつつある今、奴らに門を破られるのは時間の問題……。つまり、もう時間がないのだ」

それまで淡々と話していた先生の声が急に掠《かす》れる。

「どういうこと……ですか？」

いっそう眉間の皺を深くして、先生が目を伏せる。

「ケルベロスマスターと冥府の門番であるケルベロスが復活しなければ、門の扉は永遠に開放され、人間界に悪魔や亡者が溢れることになる」

「そっ……そんな——っ」

衝撃のあまりカッと頭に血が上り、オレは思わず立ち上がった。

「も、もしそれが本当なら、ここは……人間の世界はどうなるんですか？」

「おそらく、疫病が流行《はや》り、世界中で戦争が起こるなど、ありとあらゆる厄災が降り注ぐことになる」

声も出せずに愕然《がくぜん》とするオレを見つめ、先生はひどく悲しそうな顔をした。

「人間だけでなくあらゆる生物や建造物が失われ、土と石くれだけの世界となれ果てるだろう。そうなれば、我ら悪魔も滅びることになるというのに……」

「全部、消え……る」

脳裏に、今朝別れたばかりの母さんの顔が浮かんだ。続けて父さんや高校の友だち、親しかった人の顔が浮かんでは消えていく。

「みんな……死んじゃうって、ことですか……？」

不安に怯えるオレを、先生がまっすぐに見据える。

「そうならないためにも、お前がケルベロスとともに冥府の門を守らなければならない」

「オ、オレが、な、なんで……っ？」

「お前が選ばれた者だからだ」

悪魔だってことだけでも受け入れ切れずにいるのに、そのうえケルベロスマスターだとか言われて素直に頷けるはずがない。

「か、勝手なこと言われても、オレ、困ります。だいたい、ハデスの血を引いているかなんて、なんで分かるんですかっ！」

混乱が限界に達して、知らず声が大きくなる。

すると、それまで襖の向こうでおとなしくしていたケルベロスが、襖をガタガタと揺すって抉じ開けたかと思うと、オレの足許へ駆け寄ってきた。

「うわっ！　なんだよ、急に……っ！」

オレは反射的に丸椅子の上に飛び乗って膝を抱え、先生に救いを求めるような眼差しを向ける。

すると先生は可笑《おか》しそうに目を眇《すが》めた。

「お前が声を荒《あら》らげるから、助けようと飛び出してきたんだ」

「ほ、ほんとに……？」

背中がじっとりと汗で濡れるのを感じながら、オレはケルベロスを見下ろした。

どう見たって、ふつうの犬じゃない。

頭が三つある犬なんて、作り物かＣＧとしか考えられないけれど、目の前のケルベロスはたしかに生きているように見える。

「信じられなくとも、今のケルベロスの態度こそ、お前がハデスの血を引いている何よりの証」

先生がきつい口調で告げる。

「お前の血によってケルベロスが具現化するところを見ただろう。ケルベロスを具現化して使役できるのは、ハデスの血を引く者の中でもマスターと認められた者のみ……。お前は間違いなく、俺が捜していたケルベロスマスターだ」

言い逃れのできない証拠を並べ立てられ、オレは唇をぎゅっと噛み締めた。何度も瞬きしては、零れ落ちそうになる涙を必死に堪える。

俯《うつむ》いた視線の先で、ケルベロスが三対の目で心配そうにオレを見上げていた。

「主となった者の体液で具現化するケルベロスにとって、お前の血や涙はエネルギー源となる。ケルベロスの命と魔力を維持するため、マスターは特殊な治癒《ちゆ》能力を備えているのだ。……お前の血を必死に舐めたのは、そういうことだ」

先生の言葉は、理解できる。

けれど、そう簡単には受け入れられない。

頭がぐちゃぐちゃで、胸の中で渦《うず》を巻いている感情を持て余すばかり。

「……たしかに」

長い沈黙の後、先生がおもむろに口を開いた。

「人として生きてきたお前には、受け入れがたいことばかりだと思う」

ゆっくりとした口調に顔を上げようとしたとき、突然、先生が立ち上がってオレの頭に触れた。

「……え？」

一瞬、何が起こったのか分からなくて、項垂れたまま目を瞬《しばた》かせる。

先生はオレの髪をくしゃりと撫でたかと思うと、すぐに手を引っ込めた。

「だがさっきも言ったとおり、我々には猶予《ゆうよ》がない。悪魔として目覚めたばかりのお前には酷な話だが、一刻も早くケルベロスマスターとして、ケルベロスを使役できるようになってもらわなければならない」

撫でられた頭がなんだかふわふわする。

「大学の方はしばらく休学し、マスターとなるべくトレーニングに集中してもらう。入学早々、申し訳ないが、これも運命だと思って観念してくれ」

少しは、悪いと思ってるんだ。

足許で尻尾を振っているケルベロスを見つめていたそのとき、突然、視界からその姿が消えた。

「ええ……っ！」

あまりのことに叫び声をあげてしまう。

「どうなってんの？　アイツ、いったいどこに……」

狼狽《うろた》えながらきょろきょろと見回すと、丸椅子の脚の陰にゴルフボールほどの大きさの球が転がっていた。

「え？」

おずおずと手を伸ばし、黒い球を摑みとる。

「魔力が安定していないため姿を保てなくて、球体化したのだ」

背中から、黒葛原先生がオレの心を見透かしたように言った。

漆黒の球は見た目よりずっしりとしていた。ガラス玉のような感触だけれど、強く指で押すとほんの少しへこむ。

「お前はまだ魔力が覚醒したばかりで、その力も弱い。ケルベロス本来の姿を維持させるため、そして従わせるためには、まず、お前の魔力を鍛《きた》えなくてはならない」

球体になったケルベロスはいつでも呼び出せる状態で、マスターが身に忍ばせるときにもこの形状にすると教えられる。

「しかし、こんな形でケルベロスマスターが見つかるとは……。もう間に合わないと、諦めかけていたんだが、まったく、嬉しい誤算だ」

黒い球体をじっと見つめるオレの前で、先生が深い溜息を吐く。

「明日から忙しくなるぞ。詳しい話は明朝にでも順を追って説明する。すぐ食事にして、とにかく今夜はゆっくりと身体を休めるといい」

先生は煉瓦色の髪を掻き上げると、オレの肩をポンと叩いた。

「腹が減っては戦ができぬ……と言うだろう」

さあ、と促す先生に、オレは力なく首を振る。

「……オレは、いいです」

「凌平？」

いろいろあり過ぎて、食欲なんか欠片もない。

「それより、疲れちゃったんで……もう寝ます」

オレは軽く会釈すると、球体になったケルベロスを握り締め、逃げるように先生の書斎をあとにした。

そうして離れの自室に戻ってベッドに潜り込んだけれど、眠れるはずもなく……。

オレは黒い球体を握り締め、朝方までなかなか寝つくことができなかった。

なんだろ。

すごーく、イイ匂いがする。

甘い香りに誘われて、だんだんと意識がはっきりしてくる。

「うぅ……ん。これって……アレだよなぁ」

寝不足で腫《は》れぼったくなった瞼を擦《こす》りながらのそりと起き上がると、ゴトンと音を立てて何かが床に落ちた。

「……えっ？」

音に驚いて、一瞬で目が覚める。

と同時に、昨日の出来事がまざまざと脳裏に甦った。

悪魔に亡者、そしてケルベロスに、この世の滅亡——。

「はぁ～。全部夢オチとかだったらいいのに……」

溜息交じりに独りごち、それが叶わない願いだと思い知る。

ベッドから少し離れたフローリングの床に、黒光りする球体が転がっていたからだ。

古い小瓶に入っていた液体が、まさか自分の血で三つの頭を持つケルベロスになるなんて、いったい誰が予測できるだろう。

「はあ……っ」

がっくりと肩を落としたまま、ゆっくりベッドから下りて黒い球体に近づく。右手で拾って目の前にかざしてみるけれど、シェパードによく似た子犬に変化する気配はない。

そのとき、ぐぅ～っという低い音が部屋に響き渡った。

左手をお腹にあてて苦笑いする。

「あんなことがあって、結構落ち込んでたのに、腹は減る……か」

できることならずっと夢の中に閉じ篭っていたい。

けれど、今日は大学の入学式だ。仮病で休むなんてことはできない。

何より、空腹を刺激する甘い芳香が気になって仕方なかった。

「それにしても、めっちゃイイ匂い。これって絶対、パンケーキかフレンチトーストの匂いだよな」

昨日の出来事を受け止められていないこともあって、なんとなく黒葛原先生と顔を合わせるのが気が引ける。

けれど、母屋から漂ってくる甘い匂いには抗《あらが》えない。

よく考えたら、昨日は実家を出てからスイーツを何も食べていなかった。

そのとき、またお腹が鳴った。

「ダメだ、我慢できない」

身体が、そしてスイーツ好きとしての本能が、甘味を求めてる。

ほんのり苦笑いを浮かべつつ、パジャマがわりのTシャツとスウェットパンツのまま母屋に向かう。

ケルベロスの黒い球は、スウェットのポケットに忍ばせた。

それにしても、本当にいい匂いだ。

空は晴れ渡っていて、庭の桜がほぼ満開を迎えようとしている。どこからともなく鶯《うぐいす》の鳴き声が聞こえてきて、気分のいい目覚めを迎えられた。

甘い香りを頼りにキッチンにたどり着くと、そこにはワイシャツとベストの上に胸あてのついたエプロンを着けた黒葛原先生の姿があった。

ほかの部屋と違って、キッチンはどこの家でも見るような近代的な造りだった。

――土間の竈でごはんを炊くわけじゃないんだ。

ちょっとだけ残念に思いつつ、慣れた動きで朝食の準備をしている先生におずおずと声をかける。

「……お、おはようございます」

すると先生は皿を並べていた手を止め、ゆっくりとオレの方に顔を向けた。

「眠れたか？」

静かな問いかけに、コクンと頷いて応える。

「はい……」

さすがに「いいえ」とは言えなかった。

「球は持っているか？」

立て続けに問いかけられ、ポケットから慌てて黒い球をとり出して見せる。

「こ、ここに……」

「うむ。いつ何が起こるか分からない。肌身離さず持っていろよ」

「分かりました」

神妙な顔つきで頷きつつ、再びポケットにしまう。

けれどその間も、オレの意識はキッチンに漂う甘い香りに集中していた。

ヤバい。めっちゃイイ匂いするし！

鼻が勝手にヒクヒク動く。

そのとき、胃がキュウッと引き絞られたかと思うと、腹から信じられないくらい大きな音が響いた。

ぐう、ぐうぅ～っ。

「うわぁ……っ」

ぎょっとして腹を両手で押さえ、恐々と先生の様子を窺う。

きっと笑われるに違いない。

そう思っていたけれど、先生は少しも表情を動かさないまま、そばにあった椅子を引いてオレを呼んだ。

「どうやら食欲も戻ったようだな。今日からのトレーニングのためにもしっかり食べろよ」

トレーニング……という言葉が気になったけど、ふと飛び込んできたダイニングテーブルの光景に目を奪われる。白い皿に分厚いパンケーキがのっていて、そばには昨日、書斎で見たティーポットとカップもあった。

「あっ！」

思わず声をあげ、吸い寄せられるようにダイニングテーブルへ近づく。

昨日のことや、腹の虫が鳴いた恥ずかしさなんか一瞬で吹き飛んでいた。甘い物を目の前にして、じっとしてなんかいられない。

「身上書に好物が甘い物……とくにパンケーキが好きだとあったから作ってみたのだ」

促されるまま椅子に腰を下ろしたオレは、嬉々としてパンケーキに見入った。

「……え、コレ、先生が作ったんですか……っ？」

思わずスルーしかけた言葉尻にびっくりして、脇に立つ長身を見上げる。

「お前にはできるだけいい状態でトレーニングに臨んでもらいたいからな。ネットで調べて見つけた、青山《あおやま》にある人気店のレシピだ。口に合うか分からないが、好きなだけ食べろ」

目を合わせないでぶっきらぼうに答えると、先生は手にしたボウルからもったりとした生クリームを掬《すく》ってパンケーキの横に盛ってくれた。

「慣れない作業だったが、お前が寝穢《いぎたな》いお陰で時間をかけて上手く作ることができた」

赤い花の描かれたティーポットから同じ絵柄のカップに紅茶を注ぎ、オレの前に置く。

「紅茶の好みまでは分からなかったから、ダージリンにした。ミルクと砂糖は好みで入れろ。ドレッシングは和風とフレンチのほかに冷蔵庫にもあるから勝手に出して使えばいい。パンケーキのトッピングはジャム、バター、蜂蜜《はちみつ》にメイプルシロップ。それに季節の果物にベーコンとウィンナー。もし足りなければ明日から増やす。卵の焼き加減の好みが分からなかったから、今朝はスクランブルエッグにしたが、好みがあればあとで教えろ」

早口でそう言うと、先生はエプロンを外してオレの向かいの椅子に座った。そして、オレと同じパンケーキを盛った皿の前で両手を合わせる。

悪魔といっても、ナントカの生き血とか内臓とか、スプラッタな食事をするわけじゃないんだ。

「では、いただこうか」

先生はそう言うと、胸の前で手を合わせた。

十字でも切ってお祈りを捧げた方が似合いそうけど、悪魔だからさすがにそれはない。

「え、あ、はいっ」

呆気にとられていたオレも、慌てて手を合わせた。

「いただきます」

先生と一緒に「いただきます」を言うのは小学校以来だ。

「い、いただき、ます」

オレはあとに続いて軽く頭を下げた。

食事を始めると、先生は一切、話をしなかった。惚れ惚れするような所作でサラダやパンケーキを口に運んでいく。

オレはしばらくの間、観察するように先生の様子を見ていたけど、目の前でうっすらと湯気を上げるパンケーキの誘惑に抗え切れなくなった。

少し緊張しながらナイフとフォークを手にすると、まずはパンケーキだけを一口頬張る。

「……う、うまぁ……」

叫びそうになるのをぐっと我慢して、カッと目を見開いた。

今まで食べてきたパンケーキの中でも、間違いなく上位にランクインする美味しさだ。

「あぁ……幸せ」

うっとりとして幸せを噛み締める。

「それは何よりだ」

感動に身を震わせるにオレに、先生が可笑しそうに言って薄く微笑《ほほえ》んだ。

あ。

不意に目にした穏やかな笑顔に、一瞬で心を奪われる。奥まった瞳を縁取る睫《まつげ》毛が赤褐色だということに気づいて見蕩れてしまった。

「本当に甘い菓子が好きなんだな。子どもみたいなヤツだ」

嫌みっぽく揶揄われても、優しく微笑まれると怒る気になれない。

イケメン、狡《ずる》い。

そんなことを思いつつ、立て続けに三切れ、パンケーキを口に放り込んだ。そして、紅茶を一口啜《すす》る。オシャレなティーカップで飲む紅茶は、なんだかすごく美味しく感じた。

「食べながらでいいから、話を聞いていろ」

先生が講義の開始を告げるように言って、ナイフとフォークをそっと置いた。そして、紅茶で唇を湿らせ、静かに話し始める。

「まずは、悪魔としての自覚がないお前に、人間界における悪魔の立場や生活について説明する。本来であれば、幼児期……小学校へ上がるまでに、親がそれとなく子どもに話しておくべき事項だ。難しくはないから一度しか説明しない」

目の前に美味しそうな朝食がある以外、まるで本物の講義みたいだ。

融けかけた生クリームをスプーンで掬いたい衝動に駆られながら、オレは大きく頷いてみせた。

黒葛原先生の説明によると、悪魔は国や地域ごとにコミュニティをもっているらしい。

さらに、様々な業界において重要なポストを務める上級悪魔がいて、悪魔が人間界で生きていくため、多方面に便宜を図っているという。

「学校や官公庁に、少なくとも一人は悪魔がいると思えばいい」

悪魔が人間の中に紛れ込んで暮らしていけるのは、コミュニティのお陰らしい。

「元来、悪魔は人間に対して悪事を働く存在だが、現代ではそういう者は減っている。人間との混血が進み魔力が弱まったことや、人間として暮らす者が増えたからだろう。しかし、中には国家や個人と契約し、魔力をもって悪事に加担する昔ながらの生き方をしている者も存在する」

もともと悪魔は人間を破滅させることで飢えを満たしてきたという。そういった悪魔の本能を強く残した者が、今でも悪さを働くのだと先生は説明してくれた。

なるほど……と頷いて、ガラスの器に盛られていた苺《いちご》を口に放り込んだ。途端に甘酸っぱい味が口に広がり、思わずにんまりと笑ってしまう。

「日本は宗教や国民性もあってか、ほかの地域に比べて強い魔力を保持する悪魔が少ない」

苺をごっくんと飲み込んで、質問する。

「どうしてですか？」

「魔力を使う者が昔から少なかったようだ。魔力は使わなくなるとだんだん力が弱まっていくからな」

「へえ」

小さく頷くと、先生はそのまま先を続けた。

「稀《まれ》に現れる一定以上の魔力を持つ者は、上級悪魔としての資質を錬磨するため管理局で教育を受けるが、それ以外のほとんどは人間として暮らすことになる」

先生が母さんと同じような話をするのを聞いて、オレが悪魔だってことがいよいよ揺るぎない真実だと思い知った。

「本来なら明日から大学で特別講義を受けてもらうところだが、昨日話したとおり時間がない。休学の届けをすでに提出しておいたから、今日からさっそく魔力の増幅や使い方の訓練と、そしてケルベロスの調教に取りかかってもらう」

まさか今日の入学式にも出席させてもらえないと知って、オレはさすがに唖然とした。

「か、か……勝手に決めないでください……っ」

「勝手ではない。ケルベロスマスターに選ばれた者の運命だ。それに、お前は昨夜の話をもう忘れたのか？」

先生がまっすぐにオレを睨みつける。

「一日も早く冥府の門番を立てないと、人間界が……お前の家族や友人たちがどのような目に遭《あ》うか……」

まるで、脅しじゃないか。

そう思ったけれど、黒葛原先生の圧倒的なオーラに気圧されて、オレはわなわなと震えることしかできない。

唇を噛み締めて俯いていると、先生が音を立てて立ち上がった。そして、大股でオレに近づいてくる。

「お前が悩むのも分かる。だが、覚悟を決めろ。お前はケルベロスに選ばれたのだから」

大きな手で肩を摑まれ、茫然としながら先生を仰ぎ見る。

先生の口から語られた言葉は、あまりにも現実味がない。

「それに、俺は三百年もの歳月を、お前を見つけるために生きてきた」

見上げた先生の瞳が潤んでいた。赤みの増した瞳に小さくオレが映っている。

「さん、びゃく……」

「そうだ。先代のマスターを失ってからの俺の人生は、お前のためにあったと言っても過言ではない」

熱のこもった台詞《せりふ》に、心臓が高鳴る。

はたから聞いてると、中二病患者の言葉にしか聞こえない。

けど、きっと女子なら完全に勘違いするだろう。

ぶっちゃけ、オレもちょっと嬉しくて、よろめいてしまいそう。

「冥府を……そして人間界を救えるのは、凌平……お前だけなのだ」

両手で強く肩を掴まれ、正面を向かされた。

息がかかるほど近くに、先生が顔を近づけてくる。

「どうか……頼む。覚悟を決めてくれないか」

「そ、そんなこと言われても、魔力なんか……ないのに……っ」

惚れ惚れするほどのイケメンに見つめられ、ついそっぽを向いてしまった。顔が熱くなって、胸がドキドキして、上手く考えがまとまらない。

「それは心配ない。ケルベロスは力のない者をマスターに選ぶことはないからな」

「……で、でもっ」

煮え切らない態度でいると、先生の表情が一変した。

「でも、だってもない。お前はローズムーンの夜までに魔力を研ぎ澄まし、ケルベロスを使役できるようになるのだ」

「い、痛い……」

肩に指が食い込んで、オレは堪らず悲鳴を漏らした。

「……す、すまない。焦るあまり……つい――」

先生がハッとして手を放す。

こういうところは、素直だし信頼できるのになぁ……。

オレは肩を擦りながら、困惑の表情を浮かべる先生に問いかけた。

「ところで、ローズムーンって……？」

すると、黒葛原先生は一度唇を嚙み締めてから口を開いた。

「六月に見られる満月のことだ。薔薇《ばら》の時期に見られることから、ヨーロッパではローズムーン。アメリカでは苺の収穫時期にあたるため、ストロベリームーンと呼ばれている」

ほんのり赤みを帯びて空に昇り始めた月は、やがて中天で特別な光を放つらしい。

「ローズムーンの夜、我ら悪魔の力はより強大となる」

先生は神妙な面持ちでさらに続ける。

「冥府から人間界を目指す者どもも例外ではない。魔力を増幅させた奴らはケルベロスのいない門など容易《たやす》く破るだろう」

「えっと、でも先生の一族の人たちも同じように魔力が強まるんなら……」

疑問を投げかけると、途端に先生が表情を険しくする。

「数百年にわたって必死に門を守ってきた我が一族は、魔力をほとんど使い果たしつつある。月の光で魔力が増幅したとしても、奴らが人間界へと溢れ出すのを止められはしない」

先生の言葉を聞いて、さすがに胸が痛んだ。

「お前が戸惑うのも分かる。しかし、冥王ハデスの末裔として、そしてケルベロスに選ばれた者として、どうか……力を貸してくれないか」

そう言うと、先生はオレの両手をとって深く頭を下げた。

「そ、そんなこと言われても、オレ、悪魔とか亡者と戦う自信なんかないし……」

先生が嘘を言っているとは思えない。

でも、だからといって「はい、分かりました」と安請け合いもできなかった。

「このとおりだ。お前がケルベロスマスターとしてケルベロスをしっかり使役できるよう、この俺が命を懸《か》けてサポートをする」

先生が腰を九十度に折ってさらに懇願する。

「でも……」

「毎朝、日替わりでパンケーキや甘い菓子を焼いてやる」

愚図《ぐず》るオレに、奥の手とばかりに先生がボソッと言った。

「えっ、マジですか？」

一瞬で、迷いや困惑が吹き飛んで、先生が示した条件に嬉々として飛びつく。

オレの反応を見て、先生が顔を上げて駄目押しの一言を告げる。

「ケルベロスマスターとしてのトレーニング後にも、なんでも好きなスイーツを出してやってもいい」

「……なんでも？」

かなり心が揺れ動いているのを自覚しながら、先生の顔を覗き込む。

「ああ、なんでも、だ。ガトーショコラ、プリン、上生菓子、どら焼き、チーズケーキ、カヌレ、かりんとう、ロールケーキ……」

静かに上体を起こして、先生は指折りお菓子の名前を挙げ連ねていく。

「それ、全部……先生が作るんですか？」

呆気にとられつつ訊ねると、先生は当然とばかりに大きく頷いた。

「レシピと材料、道具さえ揃えばほとんどの物は作ってやれるぞ」

「……マジ、すか」

数百年生きている上級悪魔ってだけでも驚きなのに、日本の大学で宗教史を教えているうえに、スイーツ作りが得意なんて……どうなってんの？

「覚悟は決まったか？」

ぼんやりと先生を見つめていると、真上から顔を覗き込まれた。

「え……っ」

彫りの深い顔が、切なげな微笑みをたたえている。

灰赤色の瞳を見つめていると、吸い込まれそうな錯覚に襲われた。

「俺がお前を立派なケルベロスマスターに育ててやる。だから、頼む」

大きくてあたたかい手で両手を包まれると、不思議なことに胸が熱くなった。

視界の端に、ふわふわのパンケーキを捉え、喉をコクリと鳴らす。

「その冥府の門番っていうのになったら、もう……人間として今までみたいに暮らせないんですか？」

一番気掛かりだったのは、ふつうの人生を送りたいっていうささやかな希望。

「いいや」

すると先生は小さく首を左右に振った。

「門扉を閉じさえすれば、ふだんは我が一族が門番の務めを果たすことは可能だ。お前が望むなら、大学へ通うことも人間界で暮らすこともできなくはない……」

先生の答えを聞いて、オレはほっと胸を撫で下ろした。

「なんだ。じゃあ、そのローズムーンの夜までに、頑張って門を閉じればいいってことだ」

それまでの間、どんな訓練をするのか全然想像もできない。

でも、二カ月ちょっと頑張ればいいのなら、多少しんどくても我慢できそうな気がする。

「ちなみに、悪魔とか亡者って……やっぱりめっちゃ強かったりします？」

なんとなく想像してみても、いまいちピンと来ない。

「ケルベロスの前では、奴らは赤子も同然。お前がマスターとしてケルベロスをしっかり使役することができれば、何も不安に思うことはない」

黒葛原先生の力強い言葉に、オレはようやく意を決した。

「……分かりました」

その瞬間、先生の表情がパッと明るくなった。

「頑張って……みます」

「そうか」

言いながらゆっくり頷いたかと思うと、先生はそっと手を放して静かに微笑んだ。

「我が一族の長きにわたる苦労が報われる」

わずかに目を細め、唇の端を引き上げた笑顔は、どこか悲しそうに見える。

もっと喜ぶかと思ったのに……。

オレは先生の反応に違和感を覚えた。

「あの、せんせ……」

問いかけようとした声は、けれど、先生に遮られてしまう。

「ではさっそくだが、初歩的かつ基本的な訓練を始めるとしよう」

「え？　い、今からですか」

先生を見上げてぎょっとする。

「もう時間がないと言っただろう。魔力らしい魔力が使えないお前をケルベロスマスターに仕立て上げなくてはならないのだ。のんびりしている暇などない」

「で、でもっ……まだパンケーキが残って……」

狼狽えるオレの左腕を掴んで、先生はキッチンを出ていこうとする。

「何もしていないのに、褒美がもらえると思うな」

「そ、そんなっ！　待ってくださいよ、いきなり始めるなんて、聞いてない……っ！」

足を踏ん張って抵抗を試みる。

けれど、それは虚《むな》しく終わってしまった。

オレはずるずると引き摺られるようにして、庭に建つ土蔵へ連れていかれたのだった。

「ケルベロスを出してみろ」

土蔵に入って扉を閉じると、先生はいきなりそう言った。

先生が手にした蠟燭《ろうそく》の明かりが、土蔵の中をぼんやりと照らし出す。

土蔵の中は意外にも、ほとんど何も置かれていなかった。入口から一段高くなった板張りの床は、思ったよりきれいで埃っぽくない。入ってすぐ右手に和簞笥《わだんす》が一棹、奥の方に古い木箱や駕篭《かご》みたいな物がいくつか積み上げられていて、お宝っぽい物がしまわれている様子もなかった。

「あの、いきなり過ぎませんか？　こ……心の準備もできてないのに」

あからさまに不満顔をしてみせても、先生は知らん顔だ。

オレは渋々とスウェットのポケットから黒い球体を取り出すと、先生の前に差し出した。

「はい、どーぞ」

「そうじゃない。ケルベロスを出せと言っている」

先生が呆れた様子で溜息を吐く。オレの投げやりな態度もまるで気にならないみたいだ。

「は？」

ムッとして首を傾《かし》げると、先生は眉間に皺を寄せてオレを睨みつけた。

「具現化してみせろと言ったんだ。朝からあれだけ甘い物を食ったのだ。しっかりトレーニングの成果を出してもらうぞ」

偉そうに命令されて、さすがにカチンとくる。

けれど、相手は上級悪魔で大学の先生で下宿先の大家だ。逆らえるワケがない。

ご褒美のスイーツもかかってるしな。

自分のスイーツ好きにちょっと呆れつつも、あれだけのお菓子が待っていると思うと頑張れる気がする。

「えーっと、じゃあ……やってみます」

オレは掌にのせた黒い球体をじっと見つめ、念じてみた。

ケルベロスになれ。ケルベロスになれ……。

けれど、沈黙が虚しく流れるばかりで、いっこうに三つの頭を持つ犬は現れない。

「分かった。もういい」

数分後、先生が静かに声をかけてきた。

「やはりケルベロスの具現化には、まだお前の体液が必要らしい」

その言葉に、オレは昨夜の情景を思い出した。

「また血で具現化させるってことですか？　けど……オレ、流血はちょっと……」

男のくせにって馬鹿にされるかもしれないけど、オレは血が苦手だ。注射は全然平気だけど、採血されるのはどうしたって無理。怪我をして痛みは我慢できても、血を見ると目眩《めまい》がする。

ビクビクしていると、先生がやっぱり馬鹿にしたような目でオレを見た。

「血はケルベロスにとっておやつ程度にしかならん。涙や唾液、汗よりはマシだがな」

先生が土蔵の中をうろうろと歩き回って答える。

「でも、昨日はオレの血で……具現化したって――」

「あれは、呼び水みたいなものだ」

「じゃあ、どうやってもう一度犬の姿にするんですか？」

「ケルベロスの主食はマスターの精液だ。上級悪魔であれば精を別の形に変えて与えることが可能だが、今のお前にその能力はない」

蠟燭の明かりを目で追っていたオレは、一瞬、頭が真っ白になった。

「は？　え？　……せ、せぃ……えき？」

ふだんの生活で滅多に口にしない単語に、ただただ戸惑う。

「……ああ、いい物があった」

隅っこの木箱の中から先生が引っ張り出してきたのは、古い敷き布団だった。

何をするのだろうと見ていると、土蔵の中央に広げる。

「ほら、ここで精液を出して球体にかけろ」

先生は手に持った蠟燭立てをオレの顔に近づけて命令した。

「そっ……ば、ばっかじゃないのっ……？　そんな簡単に言わないでくださいよっ！」

激しい羞恥《しゅうち》に襲われ、顔を真っ赤にして言い返す。

なのに先生は平然として、いや、オレを見下《みくだ》した顔で命令を繰り返した。

「マスターベーションのやり方くらい知っているだろう。さっさと擦って出せ。見られるのが嫌なら後ろを向いて耳も塞いでいてやる」

「そういう問題じゃなくて……」

人前でオナニーなんて、できるはずないじゃん！

悪魔っていうのは、貞操観念とか倫理観とか、そういったものが欠落してるんだろうか。

顔だけじゃなく耳まで熱い。

もじもじと項垂れていると、先生が顔を覗き込んできた。

「悪魔ならば本来、その気になれば男も女も簡単に引っ掛けられただろう」

「……なっ」

先生が何を言っているのか、オレには全然、理解できなかった。

「……うむ、かわいらしい顔立ちをしているのに、何故あえて童貞を守っているんだ」

まじまじとオレの顔を見て、先生が首を捻る。

「ど、童貞で……悪かったですね！」

顔だけなら、みんなから褒められてきた。ぶっちゃけ、人気だってあったし、バレンタインにはチョコを山ほどもらってきた。

まあ、全部義理だったり、友チョコってやつで、スイーツ好きを拗らせたオレを、女子たちはまともに男として見てくれてなかったんだけどさ。

『乾くんといると、男子と一緒にいるって感じしないよね』

『凌平くんと一緒だと、余ったら食べてくれるから全メニュー制覇も楽勝だし』

項垂れたオレの脳裏を、過去の苦い記憶が過る。

「童貞ならばなおのこと、どうして自慰で欲求を処理しないのだ」

不意にそっと額に触れられ、我に返った。

「この額の発疹、いつからできているんだ？」

「いつって、そんなの……気がついたらできてましたけど」

どうして急にこんな話になるのか分からない。

「これはお前の中に欲求が蓄積している証拠だ。いずれ魔力が高まれば、ここから角が生えてくるだろう」

「え、うそ……」

信じられないとばかりに目を見開いて先生を見つめる。

――ああ、でも。だから母さん、家を出るときにあんなこと言ったのか。

『ココ、赤く発疹みたいなのができてるでしょ？　甘い物の食べ過ぎならいいんだけど』

もしかすると母さんは、オレの魔力が発現するって、予感があったんじゃないだろうか。

「強い魔力を持つ悪魔には、角や尾、比翼などが生える。お前は魔力など欠片もないと言っていたが、血は薄くともハデスの末裔だ。この発疹はその兆しで、強力な魔力を潜在的に持っているという証拠だろう」

角や、尾？

比翼……って、羽とか翼ってこと……？

「まったく、いったいどれだけ溜め込んできたのか知らないが、魔力を発現させるためにはもっと性欲を高めなければならない。性欲が高まることで淫《みだ》らな体質となり、よりいっそう強い快感を欲するようになる。その欲望が大きければ大きいほど、魔力は強大となるのだ」

蠟燭の明かりに照らされて、黒葛原先生の髪の赤がいっそう際立って見えた。

「だがお前は言ってみれば初心者だ。まずは射精をできるだけ我慢して欲求を溜め込み、魔力の発現を促しつつ力を強めることにした。だが、現状ではケルベロスを具現化させるためお前の精液が必要だ」

「えっと先生……。言ってる意味が、イマイチ分からないんですけど……？」

およそ今まで口にすることもなければ、耳にする機会もほとんどなかった言葉の数々に、オレはただ戸惑うばかりだ。

「理解できないなら構わない。とにかく今はさっさと射精してケルベロスを具現化させろ」

「いや、だからそうじゃなくて……」

思わず後ずさったオレの腕を、先生が素早く捕まえた。

「できないのなら、仕方がない。手伝ってやる」

「はあ――っ？」

声をあげると同時に、身体がふわりと浮く。

「えっ？　え、どうなって……」

先生に横抱きで抱え上げられたと理解するのに数秒かかった。

「暴れるな。じっとしていろ」

ギロッと見下ろされて、身体が硬直する。

先生はオレをいわゆるお姫様抱っこしたまま、床に広げた布団にしゃがんだ。

「せせせせ……せ、んせっ。あの……」

ゆっくりと布団に下ろされるが、恐怖と不安と緊張でいっぱいいっぱいのオレは、先生の肩にがっしりとしがみついたままでいた。

「腕を放せ。先に進めない」

先になんか進まなくていいんですけどぉ――っ！

そう叫びたいのに、先生を涙目で見つめてふるふると首を振るしかできない。

「なんだ、緊張しているのか？　急におとなしくなったな」

先生はオレの腕を簡単に解くと、そっと布団に下ろした。

「ま、待って……ください。あの……やっぱりやめよ？　めっちゃ……恥ずかしい」

小さく震えながら見上げるオレの頭を、先生は小さい子どもをあやすみたいに撫でてくれる。

「心配するな。俺が手伝えばケルベロスの具現化のために射精しても欲が満たされることはなく、お前の魔力を高め続けることができる」

そうこうするうち、気がつけばオレは下半身を剝《む》き出しにされていた。いつスウェットを脱がされて、下着を取り払われたのかも覚えていない。

「ほら、ケルベロスをここに置いて」

心なしか、先生の言葉遣いがさっきより優しい気がする。

オレは手を導かれるまま、布団に座って広げた脚の間にケルベロスの球を置いた。

「せ、せん……せ。あの――」

緊張のせいか、身体がカタカタと震える。

「もう黙れ。そんなに怖いなら目を瞑《つむ》っていればいい」

そう言うと、先生は躊躇《ためら》う素振りも見せずにオレの股間に手を伸ばした。

目を瞑れって言ったくせに、その暇も与えてくれない。

「ちょっ……」

咄嗟に手で股間を覆い隠そうとしたけれど、あっさり振り払われてしまう。

「往生際が悪いぞ。アップルパイを食べたくないのか」

「……え、アップルパイ……？」

意識がそれた瞬間、先生の大きな手が縮こまったオレのモノに触れた。

「んあっ」

全身が大きく跳ねると同時に、思わず声が漏れる。

「気持ちよくなっているうちに終わる。安心して身を任せていればいい」

先生はオレの背中にまわると、背後から抱きかかえるようにして股間を弄《いじ》り始めた。

「あっ……や、やめっ……」

自分でも、思い出したときに触れる程度だった性器を、他人に好き勝手弄られて、恥ずかしさで死んでしまいそうだ。

「やはり若いな。もうこんなに硬くして……」

耳許で掠れた低音で囁かれ、身体中がビリビリと震える。

「言う……なぁ……変態ぃ……」

睨みつけて、怒鳴り返してやりたいのに、口を開くと情けなく震えた声しか出ない。

――くそぉ……。なんでこんなに気持ちいいんだよぉ……。

自分でオナニーしたときとは比べものにならないくらい、気持ちよくて堪らない。

根元をゆるゆると扱《しご》かれ、玉を優しく揉みしだかれると、下腹の奥の方がズキズキと疼いてすぐにイッてしまいそうになる。

「上手だ。濡れてきたのが分かるか？」

「やっ……あ、あぁ……ふぅっ……変……にな……っ」

長くて少し太い指で溢れ出した先走りを先端に塗り込められると、快感が一気に込み上げてきた。

先生はオレの弱いところを見つけると、そこばかりを執拗《しつよう》に攻め立てる。

「んぁっ……あん、あ……もぉ……出る……出ちゃ……やだ……あ、ああ……っ」

気持ちよくて、身体中が熱くて、目眩がして……。

脳ミソがどろっと融けたみたいで、何も考えられなくなる。

「気持ち……ぃよぉ……っ」

もっと触ってほしくて、オレは背中を先生の胸に預けて肩越しに振り仰いだ。

「せんせっ……もっと、もっと……して……っ」

「ああ、分かっている」

黒葛原先生はゆっくり頷くと、オレの服を捲り上げた。そして、先走りで濡れた指先で乳首に触れる。

「ひぁ……ん！」

自分でも身体を洗うときに一瞬触れる程度の乳首が、まるで性感帯そのものになったみたいに感じる。

「敏感だな」

ぬるぬるの指先で、先生は執拗に左の乳首を捏《こ》ねたり押し潰したりした。その間も、右手で性器を絶え間なく扱き続ける。

「あっ、あっ……胸……ジンジンする……」

乳首がこんなに気持ちいいなんて、知らなかった。小さく尖った先端を弾かれると、痺れるような快感が全身に走り抜ける。

「分かるか凌平？　触っていない右の乳首も赤く腫れてきたぞ？　まったく、いったいどれほどの欲求を溜め込んできたんだ」

興奮のせいか涙で潤んだ目に、先生の顔がぼやけて映る。灰赤色の瞳が、赤みを増して見えるのは気のせいだろうか。

「恥ずかしいだのなんだの言っていたが、やはり悪魔だな。快楽には抗えない性分らしい」

羞恥心を煽るような台詞を耳許で囁かれた、その瞬間――。

「あ、ああっ……イクッ……！」

それまでよりも速く、小刻みに性器を扱かれ、激しい射精感が込み上げた。

目の前が真っ白になって、先生の手の中で性器が破裂しそうなほど大きくなる。

「も、もぉっ……出ちゃ……っ」

堪え切れずに絶頂に至ったかと思った瞬間、先生の手が根元をきつく締めつけた。

「んぁ、ああ……っ！」

頭の奥までがビリビリと震えるような鮮烈な絶頂に、軽く目眩を覚える。

しかし、性器の根元を押さえられているせいか、射精できなかった。先端の窪《くぼ》みからじわりと精液が滲み出ただけだ。

「え――」

何が起こったのか分からず、虚ろな目を先生に向ける。

「そう簡単に満足してもらっては、魔力は高まらないだろう」

赤い瞳が意地悪く光るのを認め、オレは声もなく愕然となった。

「い、いやだぁ……イきた……いっ」

たしかに達したはずなのに、塞《せ》き止められた奔流《ほんりゅう》が腹の奥で燻《くすぶ》って、切なくて堪らない。

そのとき、不意に尻の窄《すぼ》まりに違和感を覚えた。

「えっ……。なに……？」

ヌルッとも、スルッとも違う、独特の感触をもつあたたかい何かが、恐ろしいことに窄まりの奥へとゆっくり侵入していった。

「あ、あ……っ」

怖いのに、ゆっくりと内側を擦られると、また違った快感が全身を包み込む。

「せ、せんせっ……な、何か……入ってる……」

射精をやり過ごした性器をゆるゆると扱く先生の腕に縋《すが》って涙声で問いかけた。

「俺の尻尾だ。お前を傷つけることはしないから、遠慮なく感じていろ」

「しっ……しっぽ？」

赤く光る瞳に尻尾なんて、これでもう黒葛原先生が正真正銘の悪魔だってことが証明されてしまった。

けどオレはそんなことよりも、今まで味わったことのない快感に翻弄《ほんろう》されて、何かをまともに考えることができなくなっていた。

「いいか、凌平。さっきの絶頂の感覚と、体内に何かが留まる感覚をよく覚えておくんだ」

先生が耳許に濡れた声で囁くけれど、意味も分からずウンウンと頷くしかできない。

「はぁっ……せんせ、分かった……から、おねが……いだから、イき……たいっ」

欲望を塞き止められた苦しさを涙目で訴える。

「分かった。まずはケルベロスを具現化させよう」

先生が仕方がないとばかりに、再びオレを絶頂へと誘い始める。

「んあっ……尻尾、いや……あ、んあっ……奥、やめっ……」

性器を扱きつつ乳首を摘まれ、尻の奥を尻尾で掻き混ぜられると、言葉なんかじゃ説明できない快感に包み込まれる。

「あ、またっ……イきそ……ぅん、んっ……イク……イク――ッ」

オレは恥ずかしげもなく両脚を大きく開き、その瞬間を待ち侘びた。

「ほら、しっかり自分の目で見届けろ」

遠のきかけた意識を手繰《たぐ》り寄せるような先生の声を聞いたと思った直後――。

「アッ、アッ、アア――――ッ！」

夥《おびただ》しい量の精液が性器から放たれ、脚の間に置いてあったケルベロスの球を濡らした。

「これはまた、充分過ぎるほどたっぷり出たな」

やんわりと、まるで最後の一滴まで絞り出すように、先生がオレの性器を扱く。

「はぁっ……はっ……はっ」

股の間に転がった黒い球体が、ねっとりとした精液で白く覆われていく。

オレは絶頂の余韻でぼんやりしたまま、その様子を眺めていた。

先生もオレの身体を胸に抱いたまま、無言で球体の変化を見守っている。

やがて、白濁まみれとなった球体から、シュウシュウと音を立てて黒煙が上り出した。

直後、閃光が走り、土蔵の中を真昼よりも明るく照らす。

「うわっ……」

あまりの眩しさに目をぎゅっと閉じて顔を背ける。

先生のスーツの胸にしがみついて、光が消え去るのを待っていると、突然、脚の間にもふっとしたぬいぐるみのような存在を感じた。

「……なっ、なに……っ？」

ぎょっとして目を開けると、頭が三つある黒い子犬が、オレの射精したばかりの性器を舐めようと、それぞれが口を大きく開けていた。

「うわぁ――っ！」

一瞬でパニックに陥ったオレはスッポンポンだってことも忘れて、黒葛原先生に両手両脚を絡めてしがみつく。

尻に先生の尻尾が入ったまんまだったけど、それどころじゃない。

「せ、先生っ！　助けて……っ」

先生はオレの頭や肩、背中を優しく撫でて宥めてくれる。

「大丈夫だ。ただマスターの精液を前にして、興奮しているんだろう。なんといっても最高のご馳走だからな」

「で、でもっ……」

子犬とはいえ、三つの口からは赤い舌と小さいけれど鋭く尖った犬歯が覗いている。ケルベロスは短く息をしながら舌を出し、隙を見てオレに飛びかかろうと身構えていた。

幼い頃の記憶が甦って身体がカタカタと震える。

「丁度いい。このまま快感を高めてより魔力が増した精液を与え、ケルベロスがさらに変化するか見てみるか」

「う、嘘だろ……っ？　む、無理ですってば……」

何を言い出すんだと、先生に目で縋る。

「何が無理なものか。お前のペニスはまだ勃起している。欲求をたんまり溜め込んでいる証拠だ」

そう言うと、先生はケルベロスに向かって、オレの脚を大きく広げた。

アンッ！

すると、待ってましたとばかりに一声鳴いて、ケルベロスが股間に鼻先を近づけてくる。

「ままま、待ってってばぁ――！」

萎えることなく勃起したままの性器を慌てて手で隠そうとしたけれど、先生に呆気なく腕を捕まえられてしまった。

「見てみろ、凌平。今の言葉、ケルベロスはマスターの命令だと思ったらしい」

「ふぇ……？」

言われて目を向けると、ケルベロスはちょこんと布団の上にお座りをして、ブンブン音を立てて尻尾を振っていた。金銀黒の三組の双眸《そうぼう》がキラキラと輝いて、今か今かと待ち詫びているようだ。

「お前の精液が欲しくて、反射的に『待て』という言葉に反応したんだろう」

先生は感心した様子で言いながら、オレの腕を後ろ手にまとめ、尻尾をいやらしくくねらせた。

「んあっ……」

腹の中の感じる部分を直接刺激されて、不覚にもみっともない声を漏らしてしまう。

同時に、ケルベロスの目の前で勃起がピクンと跳ねた。

すかさず三つの頭が先を争って尖った鼻先を寄せる。

「や、やめっ……。近づくな……ってば」

三つの黒い鼻がスンスンと勃起の匂いを嗅ぐ。

なんとも異様で淫らな光景を目にして、オレは堪らず胸を反り返らせて喘いだ。

「ふあぁ……っ」

胸を突き出すようにしたところを、先生の右手で乳首を弄られる。

「胸……やだっ、ああっ……お尻……中、ぐちゃぐちゃ……しな……ぃで」

身体の自由を奪われ、ケルベロスに淫らな姿を見つめられながら、悪魔にいやらしい愛撫を施されて、オレは身も世もなく喘ぐしかできない。

「ケルベロスが子犬の姿ということは、まだまだお前の魔力が未熟だという証拠」

先生の声は、どこか不満そうだ。

「本来であれば、成犬の姿……もしくは成人男性の姿となってマスターに従う」

オレは子犬の鳴き声みたいな声で喘ぎながら、ぼんやりと思い浮かべた。

三つの頭を持つ犬が、人の姿になったら……。

キュンキュンと鼻を鳴らしながら健気《けなげ》に待てをしているケルベロスを見下ろし、想像力を働かせる。

やっぱ、頭が三つの人間になるのかな……。

うわ、気持ち悪いっ……。

「凌平、快感に意識を集中させろ」

先生が語気を強めたかと思うと、左の乳首に爪を立てる。

「ああっ！　い、たぁ……っ」

同時に、お尻に挿《い》れられた尻尾に、奥まで一気に突き上げられた。

鋭い痛みにも似た快感に、全身がカッと熱くなる。

次の瞬間、オレは自覚する間もなく、二度目の絶頂に至っていた。

「あ、ぁ……っ」

身体の中心がじんわりと熱く火照って、額の発疹のあるあたりがジクジクと疼く。絶頂の余韻に浸りながら、オレはそっと瞼を閉じた。

ケルベロスが布団やオレの脚に跳ねた精液を舐めるピチャピチャという音が妙にリアルに聞こえる。

湿った舌で内腿を舐められると、そこから淡い快感がさざ波みたいに全身に広がった。

――ダメだ、また……勃っちゃう。

ぶるっと肌が粟立つのを感じていると、先生が肩越しに呟くのが聞こえた。

「うむ……。今の段階ではまずまずと言ったところか」

くたりとなったオレの身体を支え、先生が尻尾を尻からヌルッと抜きながら囁く。

「はぁっ、はぁっ……んっ」

引き抜かれる瞬間、悪寒に似た快感に思わず声をあげてしまった。

「見ろ、凌平」

先生が大きな手で肩を撫でながらオレを促す。

「うわあぁ――っ！」

射精直後の倦怠感《けんたい》なんか、一瞬で吹き飛んだ。

「せせせっ、センセ……な、なに？　アア、アレッ……な、なんなんですかぁ……っ！」

驚異を目の当たりにして、オレはまた先生にしがみついた。

けれど先生は、驚きに慌てふためくオレとは相反して、静かに目を瞬かせるだけだ。

「人形《ひとがた》とはいえ、幼児の姿をとったケルベロスを目にするのは俺もはじめてだ」

声が上擦っているのは、やっぱり先生もそれなりに驚いている証拠だろう。

「ケ……ルベロス、だって？」

先生の言葉を、オレはすぐには信じられなかった。

だって、目の前にいるのは、どう見たって三、四歳の子どもだ。

「さっき少し話しただろう。ケルベロスはつねにマスターのそばに付き従わなければならない。そのため、状況によっては人形をとる必要があるのだ」

「ひ、人がた……って言ったって、なんで三人になってんですかぁ？」

混乱するオレに、先生が説明を続ける。

「三つの個体に分かれたのは、ケルベロスの三つの頭にはそれぞれ自我があるからだ」

そう……人形のケルベロスは、何故か三人の幼児となって姿を現したのだ。それぞれ頭には黒い三角の耳、尻には黒くてこぢんまりとした尻尾が生えている。

しかも、外国のキッズモデルみたいに、めっちゃかわいらしい顔をしていた。

「まちゅたーっ！」

向かって右側にいた銀髪の子どもがにっこりと笑いかける。

「りょーへー！」

黒髪の見るからにヤンチャそうなのが、駆け寄ってきた。

「はじめまして。マスター」

金髪の利発そうな子がオレにぺこりとお辞儀する。

三人とも褐色の肌をしていて、髪と瞳の色が違うだけで、三つ子みたいにそっくりだ。

「う、うん。よろし……く」

オレがぎこちなく挨拶すると、ケルベロスたちは興味津々といった様子で土蔵の中を駆け回り始めた。

「こんなところ、はじめてでちゅ！」

「りょーへー、びんぼーくさいとこにすんでんだな」

「それにしても、埃っぽいですね」

耳と尻尾がなければ、ふつうの幼児と変わらない。木箱をあさったり、じゃれ合って転がったり、土蔵が一瞬で保育園のような雰囲気になる。

「えっと、コレ、どうすんの？」

さっきまで燃えるように熱く昂《たかぶ》っていた身体はすっかり冷めてしまった。

一度に信じられないようなことばかり起こって、先生やケルベロスにされたことへの恥ずかしさも忘れてしまう。

オレはもう、ただただボーゼンとするばかりだ。

「初日にしては、上出来といったところだ」

すると、先生がオレの肩や背中を撫で摩《さす》ってくれた。

「ケルベロスに人形を保たせるには、より強い魔力が必要なのだ。お前の今の力ではこの姿にするのが精一杯……まだまだ未熟だという証拠。しかし、魔力が覚醒したばかりで、幼児とはいえ人形のケルベロスを具現化できたんだ。自信を持っていい」

そう言われても、まだどこか他人事みたいな気分が拭えない。

「しかし、一人前のケルベロスマスターになるためには、トレーニングあるのみ」

「はあ」

トレーニングって、この三人の幼児と？

いったい、どうやって？

そこへ、土蔵の探索を終えたらしいケルベロスたちが駆け寄ってきた。

「まちゅたー、あちょんで！」

「それより、おれのしっぽさわるか？」

「わたしの耳の方が、ふわふわですよ」

先生に抱えられたオレに、ケルベロスたちは口々に話しかけてくる。

「えっと、先生。コレ、どうしましょう？」

ケルベロスたちは全裸で、耳と尻尾が生えた姿はかわいいけどやっぱり異様だ。

救いを求めるような目を向けると、先生は急にそっぽを向いて立ち上がった。

「お前の魔力はまだ弱い。時間が経てばこの前と一緒で、また球体に戻る」

そう言うと、先生はすたすたと土蔵を出ていこうとした。

「え？　あの、先生？」

「犬の姿でなければ、平気なんだろう？」

先生が意地悪く目を眇める。

「とはいえ、中身は子犬と変わらない。マスターとしてしっかり遊び相手をしてやれ。お互いの信頼関係の強化に繋《つな》がる」

「つまり、子犬と遊ぶように、三人と遊んでやれってこと？」

ポカンとするオレに、先生は冷たく言い放つ。

「そういうことだ。俺はケルベロスたちが着られる物がないか探してくる」

ケルベロスたちは褐色の身体を隠す様子もなく、かわいらしいちんちんを丸見えにして、床にちょこんとしゃがんでいる。

先生はそのまま背中を向けると、あっさりオレとケルベロスたちを土蔵に残して母屋へ帰っていった。

「マスター」

「まちゅたー」

「りょーへー」

三人の幼児が金銀黒の瞳を期待に輝かせて見上げてくる。

「わ、分かったよ！　遊んでやればいいんだろ！」

まったく、これのどこがケルベロスマスターとしてのトレーニングなんだよ。

ただの子守りじゃん！

そう思いつつも、オレは急いで服を着た。

そして、三人が疲れ果てて眠るまで、保父さんばりに子守りに励んだのだった。


オレの鼻は、もしかしたら犬並みに発達しているんじゃないだろうか。

「うぅ……ん。いい……においが、する……」

甘い匂いに誘われて目を覚ますと、枕許に黒い球体が転がっていた。

昨日、土蔵で散々遊んでやったあと、寝落ちしてしまったケルベロスを一人ずつベッドに運んだのはオレだ。その後、ケルベロスたちは一度も目を覚ますことはなかった。

「あんなコトまでしたのに……やっぱり戻っちゃったのか」

黒葛原先生とケルベロスにいやらしいことをされて、子犬から幼児の姿に変化したけど、オレの魔力が弱いせいで黒い球体に戻ってしまった。

途端に、昨日の出来事が脳裏に甦り、羞恥に顔がカッと熱くなる。

「ううう……」

恥ずかしいなんてモンじゃない。

ベッドに蹲って頭を掻き毟《むし》り、呻き声を漏らした。

「おい、まだ寝ているのか」

そのとき、ドアを軽くノックする音に続いて先生の声が聞こえた。

「おっ……起きてます！　だ、大丈夫でっす！」

驚きのあまり、声がみっともなく上擦ってしまう。

「パンケーキが冷める。さっさと身支度を整えて食べに来い。今日はチョコレートとバナナ、生クリームのトッピングだ」

ドアの向こうから聞こえた言葉に、オレは反射的にベッドから飛び下りていた。

「チョコバナナッ！」

シンプルだがパンケーキの中では外せない、絶対的王道トッピングだ。

昨日のコトも羞恥心も、一瞬で吹き飛んでしまう。

「き、着替えたらすぐに行きます！」

オレは嬉々としてクローゼットから服を引っ張り出し、急いで着替え始めた。

五分もしないうちに着替えと洗顔を済ませると、その頃にははしゃいだ気持ちが落ち着いて、再び羞恥心が胸を苛《さいな》んだ。

昨日の夕飯のときもそうだったけど、先生の顔がまともに見られなくて、ずっと俯いたままテーブルにつく。

「えっと、おはようございます」

「おはよう。早く食べないとチョコレートが固まるぞ」

ベストとワイシャツの上にエプロンを着けた先生が、別段、変わらない態度で告げる。

オレなんか昨日からずっと気まずく感じてるのに、やっぱり上級悪魔ともなると、羞恥心とかそういう感情がなかったりするんだろうか。

ダイニングテーブルには、どこのカフェにも劣らない、かわいらしく盛りつけられたパンケーキが置いてあった。ほかに、目玉が二つのベーコンエッグ、オレンジとキウイフルーツの盛り合わせ、そしてあのティーカップも用意されている。

「うわぁ……すっごい、ウマそう……」

思わず本心が声に出てしまって、慌てて口を噤んだ。浮き沈みの激しさに、自分でもちょっと疲れる。

けれど先生は、困惑するオレの気持ちなんかまるで気づかない様子で、エプロンを外して向かいの椅子に腰かけ、そっと手を合わせた。

「いただきます」

先生に続いて「いただきます」と言って、フォークとナイフを手にした。

「今日からのスケジュールについてだが……」

「……っふぁ、いっ」

やにわに先生が口を開くのに驚いて、変な声が出てしまう。

「おかしな奴だな。何をそんなにビクビクしている」

先生が紅茶をストレートで飲みながら、上目遣いでオレを見る。

「べっ……別に、ビクビクしてなんか……っ」

揶揄われているような気がして、オレは必死に平静を装った。パンケーキを大きく切り取り、生クリームをたっぷりまとわせて頬張る。

「まあ、いい」

先生は本当にどうでもいいといった態度で話を続ける。

「体調面と食事をしっかり管理することにした。今日からお前が一日でも早くケルベロスマスターとして独り立ちできるようにな」

「あ……はい」

目の前の料理やスイーツが先生の厚意ではなく、トレーニングの一環だと知って何故か胸がチクンと痛む。

……なんでだ？

胸の痛みの理由を考えても、答えは浮かんでこない。

「それに加えて、簡単なトレーニングプログラムを組んでみた」

「はあ」

気乗りしないまま、パンケーキを食べながら耳を傾ける。

「まずはジョギングを、最初は短い時間でもいいから欠かさずするように。表の通りを右に行くと、小川沿いが遊歩道になっている。このあたりではジョギングコースとして利用者も多いからそこを走るといい」

「あのぉ……。魔力の特訓とジョギングって、関係あるように思えないんですけど？」

ぶっちゃけ、オレは運動全般が苦手だ。できればしんどいことは避けたい。

「ほんの一時間足らず、ケルベロスたちと遊んだくらいでどっと疲弊して、昼から夕方まで寝こけていたヤツが文句を言うな。お前は体力がなさ過ぎるんだ」

「な……っ」

昨日の失態を呼び起こされ、オレはフォークにバナナを突き刺したまま固まってしまう。

「ケルベロスマスターには心身ともに強靭《きょうじん》さが求められる。体力をつけなければ魔力を上手く扱えない」

言い返す言葉もないまま黙り込むオレに、先生は淡々と続ける。

「ジョギングが終わったら、俺が帰宅するまでにケルベロスを具現化しておくように。まずは、素早く具現化させられるようにすること。また、ケルベロスに命令できるようになることだ。あと、ケルベロスの具現化に精液は必要だが、それ以外にも魔力を高めるために性的欲求を高めつつも射精せず、内に欲望を溜め込む練習……つまり自慰をして射精を我慢するトレーニングは毎日する必要がある。手伝えるときは俺も手伝ってやる」

先生はチラッとオレを見ると、薄く口許を綻ばせた。意地悪な笑い方が癪《しゃく》に障る。

「だ、大丈夫です！　自分でできますから！」

大学で准教授を務める先生は、さすがにオレと一緒に休むことはできないらしい。

「これを参考にしてケルベロスとコミュニケーションがとれるように訓練するといいだろ

う」

そう言って先生が取り出したのは、一冊の本だった。

「えっと、『わんこの飼い方・躾《しつ》け方』？」

目の前に差し出された本のタイトルを確かめ、目が点になる。

「……え、あの、ケルベロスって……ふつうの犬と違います、よね？」

「昨日、お前の『待て』という言葉にケルベロスが反応しただろう？」

先生は冗談でも言っているつもりだろうか？

だとしたら、正直、笑えない。

「ふつうの犬ではないが、生態としては犬と変わらん。昨日も言ったが、幼児の姿をしていても、中身は犬だ。まずは子犬……もしくは幼児の状態のケルベロスをコントロールできるよう努力しろ。きちんと躾ができていればお前の魔力が高まったとき、おのずとケルベロスは成犬として具現化する」

そう言うと、先生は椅子から立ち上がった。

「母屋と土蔵の鍵だ。失くさないように。それと、ケルベロスを球体から具現化するときは、必ず土蔵の中にしろ」

「なんで、土蔵なんですか？」

昨日から少し疑問に思っていたことを問いかける。

「冥府から逃げ出した悪魔たちにケルベロスマスターの復活を嗅ぎつけられるわけにはい

かないからな。この屋敷の敷地には結界が施してあって、とくに土蔵は強力にしてある」

まだ魔力の弱いオレには、ケルベロスを使いこなせないため、悪魔たちに襲われると危険だからららしい。

「分かったらさっさと食べてトレーニングを始めろ。いいな？」

「え、あの……先生っ」

まだ朝食の途中なのに、キッチンから出ていこうとする先生を呼び止めた。

廊下の手前で足を止め、先生が振り返る。

「俺は出勤まで調べておきたいことがあるから部屋に篭る。ここの片付けはいいから、腹がこなれたら準備運動してジョギングに行ってこい」

「……は、はい」

先生のまっすぐに伸びた背中を見送って、オレは盛大に溜息を吐いた。

「……冗談じゃないぞ。これ、めっちゃ大変なことになってない？」

ガクッと項垂れ、フォークをぎゅっと握り締める。

楽しい楽しい大学生活なんて、最初からなかったと思うしかない……。

そのとき、キッチンの壁に掛けられた小さな鳩時計が、八時の時報に合わせて鳴き声を響かせた。

大学の一限目は九時からで、黒葛原先生の家からはゆっくり歩いて十五分ぐらいの場所にある。

先生が何時に出勤するのか分からなかったけど、それまでにトレーニングを始めておかないと叱られるに違いない。

「ダメだ……落ち込んでる場合じゃない。早く食べなきゃ！」

どんなに落ち込んでいても、スイーツだけは残さない。

オレはパンケーキとフルーツを平らげると、急いで身支度を整えて先生に言われた小川沿いの遊歩道に向かった。

中学高校と文化部の幽霊部員で、運動なんて体育の授業で適当にしかしてこなかったから、ちょっと走っただけでヘトヘトになる。

通勤通学時間と重なっているせいか、遊歩道ではいろんな人と擦れ違った。

幼稚園か保育園に行く途中だろうか。向こうから二組の親子連れが歩いてくる。

「あ、ママ、見て！　鳥さんがいっぱい！」

そのとき、髪を三つ編みにした女の子が空を見上げて声をあげた。

その声に誘われるように、足を止めずに空へ目を向ける。

すると、山の方から無数の黒い影が空に舞い立つのが見えた。

「違うわ。アレは鳥さんじゃなくてコウモリなんだって」

「なんだか、最近増えてるって話よ。幼稚園のお友だちは家に入り込まれたとかで、業者に駆除してもらったんですって」

擦れ違い様に聞こえてきた親子連れの話には、オレも覚えがあった。

いつだったか夕方の情報番組で、最近、コウモリによる被害が増えているというニュースを見たからだ。

その番組内での説明によると、日本では昔から平野部の民家に棲《す》みつくコウモリがいたらしい。そして近年、住宅地の拡大にともなって、コウモリの数が増えているということだった。

「噛んだりはしないらしいけど、衛生的に問題があるらしいわよ」

「ていうか、コウモリってだけでちょっと怖いわ」

春の空に不似合いな黒い影が飛び交うのを見送りながら、オレは母親たちの言葉にこっそり同意したのだった。

適当なところで折り返し、先生の家に向かってのろのろと走る。

「戻ったら……コイツを出さなきゃいけないのかぁ」

小さく愚痴りながら、ジャージのポケットに忍ばせたケルベロスの球にそっと触れる。先生が肌身離さず持っていろと言うので、ポケットに入れて持ち歩くことにしたのだ。

その後、汗だくになって帰宅すると、そのまま母屋でシャワーを浴びた。そして、着替えを済ませると、『わんこの飼い方・躾け方』を手に土蔵へ向かう。

自慰行為に不慣れなオレのために、少しでも雰囲気をよくしてくれようと、先生はパイプベッドを用意してくれていた。ＬＥＤランタンも買ってくれて、土蔵の居心地は昨日に比べたら随分とよくなっている。

「いくら年頃の男子っていってもさ、毎日……しろなんて無茶だよ」

正直、まだ心のどこかで夢を見ているんじゃないかと思ってる。

「しかも、一回はケルベロスの具現化のために射精して、そのあとは出さずにやれなんて……。それって最低でも一日二回はしろってことだろ？　冗談じゃないよ……」

でも、昨日まで散々現実を突きつけられたら、どんなに馬鹿馬鹿しくて中二病臭くても、黒葛原先生の言葉に従わなくちゃいけない気になっていた。

「それにさ、この地上が滅茶苦茶になるのなんて、嫌じゃん」

小さく呟きながら、誰が見ているってわけでもないのに、壁に向かってベッドで胡座《あぐら》を組むと、ケルベロスの球をその上に置いた。そして、溜息を吐きながらハーフパンツと下着をずらす。

『コレを使ってみたらどうだ。多少、趣《おもむ》きが変わっていいかもしれないぞ』

そばには、先生が差し入れにくれた……苺味のローション。

「絶対、揶揄ってるよな。先生……」

精液で具現化したケルベロスは、その姿を維持できる時間に限界があるっぽい。

『お前の力が弱いのが原因だが、ケルベロス自体、栄養状態が整っていないせいもあるだろう。お前がしっかり濃密な精を与えれば、きっと早く成犬となるに違いない』

昨日の夕食後、気まずさもあってさっさと部屋に戻ったオレのところへ、先生は至極真面目な顔でこのローションを差し入れてくれた。

「でも、先生のことだから、結構本気で言ったのかも……」

十センチほどのボトルからドロッとしたローションを手に出して、掌で少しあたためる。そうして馴染んだところで、おそるおそる縮こまっている性器に触れた。

「うわっ……」

先走りで濡れた手で触れるのとはまた少し違った感触に、思わず声が漏れる。シュンとなっていた性器が一瞬で芯をもち、膨張する。

「ハッ……これ、ヤバ……い」

シーツまでぐっしょりするほどローションで濡れた手で根元を扱くと、今まで味わったことのない快感が込み上げてきた。

頭がぼーっとして、気持ちいいことだけに意識が集中する。

ローションを使うだけで、こんなに違うなんて——。

また一つ、新しい扉を開いちゃったよ、オレ……。

にっちゃにっちゃという いやらしい音と、荒い呼吸音が土蔵の中に響き渡る。

「あっ……はぁ、あっ……あっ」

もう、イク——。

目の前に絶頂が見えかけた、そのときだった。

「どうだ、調子は」

きっちり閉めて鍵を掛けたはずの土蔵の入口が開いて、黒葛原先生が現れたのだ。

「うっ……わぁ――っ！」

驚きのあまり、思わずぎゅっと勃起を握り締めてしまう。

「イッテェ――ッ！」

直後、あまりの痛みに絶叫した。

「おい、どうした！　大丈夫か……」

慌てて駆け寄ってきた先生が、背中を丸くして蹲るオレの顔を覗き込む。

「凌平、どうしたんだ？　どこか、具合でも悪いのか？」

落ち着いていて慌てることのなさそうな先生が、オレの足許に屈んで心配そうに見つめる。

「ち、が……っ」

オレは両手でギュッと股間を押さえ込んだまま、目に涙を浮かべて先生を見た。

「せんせ……が、驚かせるから……ち、んこ、ギュッて……」

掠れた声で真相を告げると、途端に先生が表情を変える。

心配そうに垂れ下がっていた眉が寄って、眉間に深い皺が刻まれた。

「まったく……」

先生が溜息交じりに吐き捨てる。

「何事かと心配したではないか。驚かせるな」

「先生こそ、調べ物が終わったら大学に行くって――」

そのとき、オレは土蔵に広がる甘い匂いに気づいた。

ふと目を向けると、土蔵を入って右手にある和箪笥の上に、苺のショートケーキが置いてあるのが見えた。

「あれ……って」

首を伸び上がらせるオレに、先生が和箪笥へ近づきながら答える。

「昼前に出勤しなくてはならないから、その前に十時のおやつを差し入れてやろうと思ったんだ」

先生はショートケーキをのせたトレーを手に戻ってくると、オレの横へそっと置いた。

「うわ、美味しそう！」

甘くていい匂いに、鼻が勝手にヒクつく。

「食べていいんですか？」

オレは目の間に立つ先生を見上げ、嬉々として問いかけた。

「ああ、もちろん」

先生が白い歯を見せる。

「だが、これは褒美だ。ケルベロスを具現化してからでないと、食べさせるわけにはいかない」

「そ、そんな……っ」

「文句を言う暇があったら、さっさと射精してケルベロスを具現化させろ」

言いながら、先生は何故かオレの隣に腰を下ろす。

「手を退けろ。どうせ縮こまって射精できないでいるんだろう。手を貸してやる」

股間を覆っていたオレの手を摑んで、強引にもう一方の手を差し込んできた。

「いいいっ……いいです！　遠慮します！　自分で……っ」

ブンブンと首を振って断り、先生から離れようと腰を浮かせる。

しかし、先生の逞《たくま》しい腕に抱き止められ、背中から抱えられるような体勢になった。

「時間を無駄にするな。のんびりやっている暇はないんだぞ」

強引に脚を開かされ、途中で放り出されてしんなりとなった股間が先生の目に晒される。

「で、でも……っ」

「黙れ」

短く命じられたかと思うと、いきなり唇を指で抉じ開けられた。

「うっ、うぅ……ん？」

反射的に口を開くと、先生は躊躇いなく指を口腔に突き入れてくる。

直後、口の中いっぱいに蕩《とろ》けるような甘みが広がった。

――これって、生クリーム？

長く節のないきれいな指にそっと舌を絡ませ、おずおずと先生の表情を窺う。

「ふぇんへ……？」

すると、先生はオレの口に指を入れたまま、もう一方の手でショートケーキの苺を摘まみ上げた。

「へ？」

何をするのかと、妙な緊張に鼓動が大きく震える。

すると先生はこれ見よがしに、生クリームのついた苺をオレの左乳首に押しつけたのだ。

「ふぁ……んっ！」

冷たくてぬちょっとした感覚に、思わず声をあげてしまう。

「ひゃっ……ひゃひふふん……へふはっ！」

何するんですか――って言ったつもりだけど、口に先生の指が入ったままでは何を言っても伝わらない。

「お前が物欲しそうな目で見ているから、食わせてやろうと思っただけだ」

先生は顔色を微塵《みじん》も変えないまま、淡々と答える。その間も、手にした苺で左右の乳首や臍《へそ》をくすぐったりした。

「お前の好きな甘い物で気持ちよくなれば、性欲と食欲両方が刺激されて魔力が高まる。さぞ魔力の強い精液の放出が見込まれると思わないか？」

いったい、黒葛原先生の頭の中はどうなっているんだろう。

「こっ……こほっ、へんふぁいっ……！」

この、変態って詰《なじ》ったところで、先生は涼しい顔のままだ。

「なんと言ったか想像できるが、文句を言うわりにはきちんと勃起しているぞ」

先生が苺を持つ手を股間に滑らせる。

そこでは、再び腹につくほど反り返った不肖の息子が、期待に身震いしていた。

丸い先端に、融けた生クリームでヌラヌラと光る苺が触れる。

「ふっ……うう、ぅん……ぁ」

イヤイヤと首を振っても、先生はいやらしい手を止めてはくれない。

「泣くほど気持ちがいいのか？」

先生は苺を先端から根元へ擦りつけるようにして囁いた。同時に、唾液でビショビショになった手を口から抜いてくれる。

「た……食べ物を、粗末にしちゃ……いけないのにぃ……」

涙をいっぱいに浮かべた目で先生を睨みつける。

「意外とかわいいことを言うな、お前」

「そ、そういうコト……いちいち、言わないで……くださいっ」

恥ずかしいけれど、オレの性器はほぼフル勃起していた。

「ああ、そうだな。集中が途切れると、射精が遅れる」

ゆるゆると、けれど的確に手を動かし、目眩のするような快感を与えながら、先生がオレを茶化す。

「だっ……だから、そういうのが……っ」

恥ずかしくて俯こうとしたとき、顎をしっかと捕らえられた。そして、ぐいっと先生の方へ顔を向けられる。

「えっ……」

驚くオレの目の前で、悪戯《いたずら》に使われて形崩れした苺を、先生がパクッと口に放り込んだ。

「……甘いな」

先生は見せつけるように、ゆっくりと咀嚼《そしゃく》する。

「うわぁ……」

瞳がほんのり赤みを増して、表情に妖しい色香が匂い立つ。

先生の色気にあてられたのか、肌が粟立って腰がカクカクと震えた。

「お前にももう少し、味わわせてやろう」

苺を飲み込んでそう言うと、先生は生クリームを指先で掬ってオレの口へ運んだ。

「あ、まい……」

舌にまとわりつく濃密な甘さにうっとりしたそのとき、先生がいきなりオレの性器を掴んだ。その手も、生クリームをたっぷりまとっている。

「……や、あ、あぁ……っ」

一度、絶頂の寸前まで高まっていたからか、オレの性器はひどく敏感になっていた。

ヌルヌルの指先で先端の窪みを弄られ、根元から括《くび》れまでを扱かれただけで、すぐにもイッてしまいそうになる。

「や、せん……せ、もぉ……出るっ。出ちゃいま……すっ」

凄まじい快感に呂律が回らない。

甘い匂いが脳にまで染みついたみたいで、気持ちいいってこと以外考えられなくなる。

「ああ、ちゃんと狙い定めてやるから、たっぷりとケルベロスにかけてやれ」

背後から熱のこもった声に唆《そそのか》され、オレは呆気なく達してしまった。

「うぅ……あ、あああっ……イ、イッちゃ……」

先生に背中を預け胸を反り返らせながら、熱い白濁をシーツに転がった黒い球体へ向けて勢いよく放つ。

「はぁっ……あ、はぁ……」

ううう、また……先生の手で、気持ちよくイッてしまった――。

朦朧《もうろう》としつつ、オレの精液をべっとりまとった球体を眺める。

やがて、球体を包み込むようにして黒煙が湧き上がったかと思うと、真っ白な閃光が走り抜けた。

「うわ……っ」

眩しさのあまり思わず仰け反らせた身体を、黒葛原先生がしっかり支えてくれた。

「いい加減、この光にも慣れろよ」

「は……はい」

頷きつつ、眇めた目で黒煙の中に目を凝らすと、突然、子犬姿のケルベロスがオレに向かって飛んできた。

アンッ！　アンアンッ！

「うわぁ……っ！　馬鹿、いきなり飛びかかってくんなよ！」

オレは自分でもびっくりするほどの素早さで先生の腕から抜け出し、黒いスーツの背中に逃げ込んだ。

するとケルベロスが、三組の耳を倒し、尻尾を力なく垂れさせ、三つの顔をしょんぼりとさせてベッドの下からオレを見上げた。

キュウ～ン、キュウ～ン。

「そ、そんな目で見ることないだろ」

悲しげな鳴き声を聞くと、さすがにちょっと可哀想な気がする。

「ケルベロスが具現化するたびにその調子では困るぞ」

先生はそう言うと、スッと立ち上がった。

「え、先生……？」

まさかこんな状況で放り出されるのかと思うと、途端に不安になる。

「そろそろ出かける支度を始めないとならない。俺が帰ってくるまでの間、お前は教本を参考にケルベロスをしっかり躾けるんだ」

そう言うと、先生は取りつく島もなく土蔵から出ていってしまった。

「どうしよ……」

甘い匂いが満ちた土蔵に、ケルベロスと二人きり。

ケルベロスは今にも飛びかかってきそうな気配で、オレをじっと見ている。

「と、とにかく服を着よう」

自分を奮い立たせるように言って、急いで身繕いする。

そうして、ベッドの上からケルベロスをチラチラ盗み見しつつ、形の崩れたショートケーキを大口を開けて平らげた。

だってさ、やっぱり食べ物は粗末にしちゃいけない。それが甘いスイーツならなおさらだ。

「ケーキは最後まで美味しくいただきました……と」

バラエティ番組のテロップで流れるコメントみたいなことを呟いたとき、ミシッとベッドが軋んだ。

ハッとして目を向けると、ケルベロスが前足をベッドにのせている。

「わあ……っ！」

大声をあげてベッドの反対側まで後退り、慌てふためきながら教本を手にとった。

「そのまま、頼むからじっとしてろよ」

心臓が口から出そうなくらい、ドキドキと高鳴っている。全身にじわりと汗が滲んで、焦って教本のページが上手く捲れない。

「えっと、まずは『遊びながら犬との関係性を知る』……か。それから『ご褒美を用意することは有効なトレーニング方法』か、なるほどね」

具体的な解説を読み終えると、オレは覚悟を決めてケルベロスに向き合った。ベッドの脇にはボールや短いロープを結んだ物など、犬の玩具が揃えてある。これも先生がいつの間にか用意してくれていた。

オレはベッドから手を伸ばしてロープに結び目を作った玩具をとると、ケルベロスに向けてぶらぶらと振ってみせた。

「ほら、これで遊ぼう？」

するとケルベロスはベッドから足を下ろし、より大きく尻尾を振った。

「上手にできたら、ご褒美あげるからな」

言って、ポーンとロープを土蔵の入口あたりに向かって投げてやる。

ケルベロスは一目散にロープを追いかけるだろう。

そう思っていたのに、三つの頭はロープが描いた軌道を追っただけで、その場から一歩たりと動かなかった。

「えっと、あのロープのやつ、気に入らなかったのかな」

いきなり出端を挫《くじ》かれ、頭を抱える。

「ちゃんと目線を合わせてから、投げたんだけどなぁ」

ベッドから下りてロープをとりに行く気にはなれず、別の玩具をとろうとケルベロスに背を向けた。

「ねぇ、まちゅたー。おちょとであちょぼうよぉ」

「こんなせまいとこじゃ、おもいっきりはしれないし」

「そんな子ども騙しの玩具より、マスターとじゃれ合う方がいいんですけど」

いきなり、聞き覚えのある子どもの声がして、ぎょっとする。

「え――」

まさかと思いつつ振り返ると、ケルベロスがいた場所に、三人の幼児が膝を抱えて座っていた。三人とも、大きくて黒い三角の耳と、黒くてフサフサの尻尾がある。

驚いたことに、三人は先日、黒葛原先生が用意して着せてやった、お揃いのセーラー服と半ズボン、白いソックスにローファーを身に着けていた。

「マスターは命令する前にわたしたちの名前をきちんと覚えるべきです」

真ん中の金髪の子どもが、大人びた態度で言った。

「そうそう。おれたちのなまえもしらないのに、しんらいとかありえねぇし」

向かって左側、黒髪の子どもがムッとしてオレを睨む。

「まちゅたーになまえ、よんでもらえたら、うれちぃなぁ」

にっこり笑ってそう言ったのは、右側の銀髪の子だ。

「え、ちょっ……な、何がどうなってんの？」

驚きに茫然としたオレを見て、幼児たちが可笑しそうに笑みを浮かべる。

「ちなみに、わたしの名前はアウリム」

金髪の子どもが名乗ると、続けて黒髪の子が「おれはネロ」、言葉のたどたどしい銀髪の子が「ジルヴァラだよ」と名乗った。

そして三人同時にすっくと立ち上がったかと思うと、トコトコと土蔵の入口へ向かって歩いていく。

「え？　ちょっと待てよ！」

どうしたんだろうと呼び止めるけど、三人はちらっとオレを見ただけで足を止めない。

「だってもうココのにおい、じぇんぶたちかめたもん」

「そとからもりょーへーのにおいがするし、てりとりーはちゃんとたしかめないとな」

「それに、ちょっと物騒な匂いも混ざってる気がします」

三人は口々にそう言うと、土蔵の扉を力を合わせて開いていく。先生が出ていったときに鍵をかけなかったらしい。

「ええっ！　おい、外に出たらダメだってば……！」

しかし、引き止める声を無視して、ケルベロスたちは元気よく外へ飛び出してしまった。

オレは慌ててベッドから飛び下り、三人のあとを追った。

「あ、いた！」

土蔵を出てすぐ、玄関脇から庭へ続く木戸の前に三人を見つけて駆け寄る。

「具現化するのは土蔵の中だけだって先生に言われてるのに、勝手なことしちゃダメだろ！」

追いついて金髪のアウリムの手を掴もうとした瞬間、三人の姿が再び子犬へと変化した。

「うわっ！」

人の姿なら抱きかかえることもできただろうけど、子犬の姿になると途端に身が竦む。

怯《ひる》んだ隙に、ケルベロスは庭へ逃げ込んでしまった。

「あっ、待てよ！」

急いで追いかけると、離れへ続く渡り廊下の手前でケルベロスがオレを待ち構えていた。

黒い尻尾を楽しそうにフルフル振って、赤い舌が覗く三つの口はまるでオレを嗤《わら》ってるみたいだ。

「お前ら、完全におもしろがってるだろ！」

オレが近づくと、ケルベロスは「捕まえてみろ」とばかりに逃げ出す。

ジョギングを始めたばっかりのオレが、子犬の足に追いつけるわけもなく、その後、ケルベロスは子犬の姿で裏庭を駆け回ったかと思うと、突然、人形になって三人別々に母屋に駆け込んだ。

「こ、こんなの……躾けるどころの、話じゃないって」

ゼイゼイと肩で息をしながら愚痴を零す。こんなところを先生に見られたら、何を言われるか分かったものじゃない。

黒髪のネロを追って入ったキッチンで、ダイニングテーブルにもたれて溜息を吐く。

本当に、こんなことでケルベロスマスターの務めを果たすことができるんだろうか。

もう何度目かも分からない溜息を吐いたとき、先生の書斎の方から子どもの笑い声が聞こえてきた。

「くそっ、アイツら……っ」

よりによって黒葛原先生の書斎で悪戯なんてとんでもない。

大慌てで駆けつけたオレは、開け放たれた襖の向こうに広がった光景に絶句してしまった。

足の踏み場がないくらい、様々な書類や本が散乱する中で、三人の幼児が先生のパソコンを覗き込んだり、書類の束を撒き散らしたり、ジャングルジムよろしく書棚によじ登ったりしていたのだ。

「お前たち、何やってるんだよ！」

思わず怒鳴ったけど、ケルベロスたちは悪びれる様子もなく、きゃっきゃとはしゃぎ声をあげて書斎を荒らし続ける。

「りょーへー、ココ、おもしろいモノがいっぱいあるぞ！」

ネロが奥の部屋に置かれたコーナーキャビネットを覗き込み、小さな手で扉を開けようとした。

「馬鹿！　勝手に触るなってば」

焦って駆け寄り、ネロを背中から抱き上げようとしたとき、またしてもケルベロスたちは子犬の姿に変化した。

「――っ！」

目の前に現れた黒い獣に驚いて、オレは声をあげることもできず尻餅をつく。

アンッ、アンアンッ！

ケルベロスはオレを揶揄うみたいに、書類を舞い上げながら書斎を駆け回る。

「や、やめろってば！　ここはお前らの遊び場じゃないんだぞ！」

必死に声をかけるけど、ケルベロスはすっかり興奮した様子で、まるで言うことを聞いてくれない。

とにかく、これ以上、書斎を荒らさせるわけにはいかない。

ケルベロスを捕まえないと……。

オレはゴクリと喉を鳴らすと、先生の机に跳び上がって分厚い本に噛みついているケルベロスにそっと近づいた。

「なあ、いい子にしてたらご褒美あげるから……」

ご褒美——という言葉に、三つの頭が反応して一斉にオレを見た。

「ちゃんと言うこと聞いたら、えっと、その……オレのアレ、あげるからさ」

精液……なんて恥ずかしくて言えなかったけど、ケルベロスには伝わったらしい。

オレを見つめたまま小さく尻尾を振って、机の上でじっとしている。

あとは、恐怖心を抑え込んで、捕まえるだけだ。

「よ、よ～し。いい子だな」

引き攣った笑みを浮かべ、意を決してケルベロスに両腕を伸ばした。

そして、えいっと黒い身体を捕まえようとしたが、すんでのところで逃がしてしまう。

「ああっ、くそ……っ！」

悔しがるオレの足許で、ケルベロスは尻尾を振りながら一声吠えた。

アン！

そして、奥の部屋へ駆け込む。

もうこうなったらなり振り構っていられない。

「なんで言うこと聞かないんだよ！　オレはマスターなんだろ？」

けっして広くはない書斎で、ケルベロスと追いかけっこしながら泣きごとを漏らす。

と、そのとき、床に散らばった書類に足を取られ、ケルベロスがあのコーナーキャビネットにぶつかってしまった。

キャンッ！

甲高い悲鳴と同時に、ガラスや陶器がぶつかる耳障りな音が響く。

「だ、大丈夫か……っ！」

急いで駆け寄ると、コーナーキャビネットは無事だったけれど、中にしまわれていたアンティークのティーカップや絵皿が割れてしまっていた。

「ああっ！　ちょっと、これ、どうするんだよ」

あのきれいな彩色が施されたティーカップも、キャビネットの中で下に落ちて欠けてしまっている。

茫然として膝をつくオレの脇を、ケルベロスが何事もなかったみたいに起き上がって擦り抜けた。

「おい、マジでいい加減にしろよ！」

振り返ると、三人の幼児が悪びれるどころか楽しげな笑顔でオレを見ていた。

「お、お前ら……」

さすがにオレもキレかけた、そのとき——。

居直るケルベロスたちの背後に、突然黒い大きな影が現れた。

「え——」

その場の空気が一瞬で、肌を刺すように冷たくなったかと思うと、黒い影は徐々に人の形になっていく。

異変に気づいたケルベロスたちが振り返ると同時に、黒い人影の目が赤く光った。

「これは、どういうことだ？」

地の底から響くような低い呻き声を耳にした途端、ケルベロスたちはその姿を一瞬にして子犬へと変化させた。そして、身体を小さく丸めてカタカタと震える。

何が起こったのかすぐに理解できない。

「黒葛原セ……ンセ？」

オレはおずおずと、闇の中から現れたような先生を見上げた。先生の髪は、まるで血の色みたいな鮮やかな赤に染まっている。

鴨居《かもい》をくぐって書斎に足を踏み入れると、黒葛原先生は破れた書類を一枚拾い上げた。

「ケルベロスの仕業か？」

オレやケルベロスを見ないまま、先生が訊ねる。

「三百年ぶりの具現化で、冥府の番犬たる誇りも忘れたか。それとも、久々の自由に我を忘れ、ただの犬畜生と成り果てたのか？」

先生がゆっくりと真っ赤な目でケルベロスを見下ろす。

ケルベロスはますます身体を小さくして、とうとう床に伏せてしまった。

こんなに怒った先生を、見たことがない。

息苦しいほどの威圧感に、部屋の空気までがチリチリと緊張しているようだった。

「まったく、これだけの資料を揃えるのに、どれだけの時間を費やしたと思っている」

蹲ったケルベロスを見下ろすと、先生は手にした書類をパッと捨てた。ひらひらと舞い落ちた書類がケルベロスの背中を掠める。

「ケルベロスという名に驕《おご》り、新しいマスターや俺が手出しできないと思っているのなら、大きな間違いだぞ」

先生の言葉に、ケルベロスがハッとして三つの頭を擡《もた》げた。

「罰など、いくらでも与えられる」

そのとき、オレは先生の背後に、大きな黒い翼を見た気がした。赤い瞳が爛々《らんらん》と光り、悪魔そのものを思わせる雰囲気に呑まれそうになる。

「その三つの首をバラバラにして瓶に詰め、反省するまで地面に埋めてやろうか」

オレの単純な頭が、先生の言葉をそのまま脳内で再現しようとする。

「そ、そんなの、いくらなんでも可哀想じゃないですか！」

ケルベロスの首が切られるのを頭に思い浮かべるよりも先に、オレはケルベロスに近づいて抱き寄せていた。

「庇うのか、凌平」

冷たい先生の声に、無言で大きく頷く。

ケルベロスが三組の瞳を驚きに丸くして、オレを見つめた。

「ケルベロスといえども、悪さをして反省の態度が見られなければ罰を与えるべきだ」

「けど、今回のことは、オレがマスターとして躾ができなかったせいもあると思います」

怖くないと言ったら嘘になるけど、オレは黒い子犬をしっかと抱き締めながら言った。

「これらの書類がどれだけ重要か、分かっているのか？」

先生が眉間に深い皺を寄せ、オレを睨みつける。

「万が一、ケルベロスマスターが見つからなかったり、ケルベロスの成犬化が間に合わなかった場合、門を閉じる手段がほかにないか、調べてまとめたものだったんだぞ」

ここまではっきりと怒りをあらわにした先生を見るのははじめてだった。

腕に抱いたケルベロスよりも、悪魔の一面を見せつける先生への畏怖に、噛み締めた奥歯が震える。

けれど、オレは自分を奮い立たせ、先生をまっすぐに見上げた。

「だ、大丈夫ですっ！」

根拠も、そして自信だって欠片もない。

「これからしっかりトレーニングして、ローズムーンまでにケルベロスマスターとしてコイツを躾けます」

感情のまま、勢いで叫んでいた。

でも、その気持ちに嘘はない。

「どう考えたって、今日のことはオレの力不足です。こんなことになってごめんなさい」

深々と頭を下げると、ケルベロスが申し訳なさそうに鼻を鳴らした。

「だから、二度とこんなことがないように、もっと頑張ってトレーニングするから、どうかケルベロスに罰を与えるのは……」

「その覚悟に嘘はないか」

言葉を遮り、先生がまっすぐにオレを見下ろす。

真っ赤な炎を思わせる逆立った髪や、見つめられただけで射殺《いころ》されそうな赤い目を前にすると、不安と恐怖に押し潰されそうになる。

でもオレは、腕の中で震えるケルベロスを強く抱き締め、見せつけるように頷いた。

「大丈夫です。約束します」

先生が少し驚いたふうに目を見開く。

「ケルベロスマスターになって、冥府の門を守ります！」

啖呵《たんか》を切ってみせたオレに、先生は何も答えない。

長い沈黙の後、先生が呆れ顔で大きな溜息を吐いた。

「まったく……。信頼関係ができているのか、いないのか……」

そう言って、西洋机のそばから椅子を引き寄せて腰を下ろす。

「凌平の覚悟に免じて、今回だけは許してやる。だが、次はないと思えよ」

ふと見れば、真っ赤に燃え盛っていた髪が煉瓦色に落ち着き、瞳も灰赤色に戻っていた。

「凌平、返事は？」

横目でオレを睨み、先生が苦笑を浮かべる。

でもその笑顔は、けっしてオレやケルベロスを責めるようなものじゃなかった。

キリッとした眉がハの字に垂れ下がり、厳しい言葉ばかりを口にする口許は穏やかに綻んでいる。さっきまで鬼か悪魔かといった恐ろしい形相をしていた人とはまるで思えない。

先生の優しい微笑みに、オレは思わず見蕩れてしまった。

「は、はい」

なんとか口を動かして返事する。

すると、先生がゆっくり立ち上がってオレに近づき、少し乱暴に頭を撫でてくれた。

「片付けはいいから、ケルベロスを土蔵へ連れていけ」

「て、手伝います」

オレの申し出に、先生は静かに首を振った。

「俺はそろそろ出勤しなくてはならない。だが、お前たちだけに任せると、何がどこにあるか分からなくなる。それに、これ以上荒らされるのはご免だ」

最後の一言は先生なりの冗談だろうか？

「でも……」

「お前にはやるべきことがあるだろう」

そう言われると、引き下がるしかなかった。

「本当にすみませんでした」

ケルベロスを抱いて頭を下げ、先生の書斎をあとにする。

先生からは、オレがケルベロスをコントロールできるようになるまで、できるだけ土蔵でトレーニングするようきつく言われた。

母屋を出て土蔵に続く石畳を歩いていると、不意に腕の中でケルベロスが身じろいだ。

え、と思ったところへ、三つの口で同時に両頬と顎先をぺろっと舐められる。

「うわあぁ――――っ！」

オレは大声で叫びながら、思わずケルベロスを放り出してしまった。

「い、いきなりなにするんだよ……っ！」

すると、ケルベロスは地面に着地すると同時に、再び三人の幼児の姿へ変化した。

その身軽さと突然の変化に驚くオレを見て、ケルベロスたちが可笑しそうに笑う。

「なんだよ、りょーへー。もうおれたちのこと、へーきになったんじゃなかったのかよ」

ネロが呆れた様子で近づいてきて、オレの手をとった。そうすると、ジルヴァラとアウリムも駆け寄ってきて脚にしがみつく。

「まだ、こわいでちゅか？」

ジルヴァラに上目遣いに問いかけられ、オレは苦笑いした。

「ごめん。さっきのは咄嗟のことだったからさ」

ケルベロスを庇うために、まさか自分があんな行動に出るなんて思ってもいなかった。

「今の姿なら、全然平気なんだけど」

ケルベロスたちは不満そうに頬を膨らませる。

「でも、マスターはわたしたちを庇ってくれました」

「うん。ガイのヤツ、ほんきでおれたちのくび、きるつもりだった」

「まだぼくたちのちからがよわいから、いいきになってるんでちゅよ」

三人に手を引かれながら土蔵へ向かう。

「けどさぁ、さっきのはやっぱりオレたちが悪い。勝手に先生の書斎に入って荒らしたんだから」

そう言うと、ケルベロスたちも少しは反省したのか揃って項垂れた。

「そんな顔するなよ。オレが立派なマスターになればいいだけなんだから」

土蔵の扉の前で立ち止まり、ネロ、アウリム、ジルヴァラの顔を順に見つめる。

「だからさ、協力してくれよ。ご褒美だってちゃんとあげられるように頑張るし」

ご褒美——という言葉に三人の表情がパッと輝く。

「しょーがないなぁ。わかったよ」

ネロが言うと、ほかの二人もコクンと頷く。

「もともと、わたしたちはマスターのことが大好きなんですから」

「あのね、いっちょにあちょんでほちかっただけなんでちゅ」

三人が黒い尻尾をパタパタと振ってオレをじっと見上げる。

「うん。分かってる」

順番に頭を撫でてやると、三人は耳を嬉しそうに倒した。

「じゃあ改めて、よろしく頼むな」

そう言うと、ケルベロスたちと一緒に土蔵に入る。

まだまだ前途多難といった感じだけど、とりあえず、ケルベロスと打ち解けられたのは大きな一歩に違いない。

この日を境に、ケルベロスの調教は順調に進むようになった。


「んっ……あ、はぁっ……ぃやだ、先生……っ」

連休初日の、朝九時過ぎ。土蔵のベッドの上、オレは黒葛原先生に背中から抱きかかえられ、性器を扱かれていた。

最初に先生の手で強烈な快感を与えられてしまったからか、オレはいつまで経っても自慰が下手で、ケルベロスを球体から具現化するのに時間がかかってしまう。

この日、先生が土蔵に顔を見せたとき、ケルベロスはまだ黒い球のままだった。

『お前、まだ手こずっているのか』

先生はそう言うと、なんの躊躇いもなくオレの股間に手を伸ばしたのだ。

四月があっという間に過ぎ去って、ゴールデンウィークに突入していた。大学も平日の講義を休講にして八連休となっている。

オレと先生はここぞとばかりに、魔力の鍛錬《たんれん》とケルベロスの躾に勤しむことになった。

「我慢せずに出したいなら出せ。いつまでも初心なヤツだな」

そんなこと言われたって、恥ずかしいものは恥ずかしいし、こんなことそう簡単に慣れるわけがない。

「ほら、イッてしまえ」

急かすように言って、先生はすっかり敏感になったオレの乳首をキュッと摘んだ。

「ああ……っ！」

我慢し切れず短く喘ぐと同時に、オレは呆気なく射精してしまう。最近、先生に触られると以前にも増して気持ちよくて、すぐにイッてしまうようになっていた。

「はぁ、はっ……はぁ」

裸のオレの前には、黒いケルベロスの球体が転がっている。シーツの上でオレが吐き出したばかりの精液にまみれ、球体はゆっくりと黒煙に包まれていった。

直後、土蔵の中に「ポンッ」という音とともに閃光が走る。かと思うと球体が勢いよく弾けて黒煙が噴き出した。そうして黒煙が消えると、床の上に三つの頭を持つ黒い子犬が現れた。

お行儀よく前足を揃えてお座りしたケルベロスは、以前のようにいきなりオレに飛びかかってくることはない。

「やはり、まだ子犬の姿か……」

三つの首を傾げてオレを見つめるケルベロスを見て、先生が残念そうに呟く。

「幼児や子犬の姿を保っていられる時間も、それほど変わっていないと言っていたな」

「……はい」

問いかけに力なく頷く。

書斎を荒らし、先生の逆鱗《げきりん》に触れたケルベロスを庇った日から、オレとケルベロスの距離は一気に縮んだ。

ケルベロスはそのときの気分にもよるけど、少しずつオレの言うことを聞いてくれるようになっている。

けれど――。

「お前の身体はどんどん淫らになって、今日も随分と気持ちよさそうだったが、ケルベロスを成犬の姿で具現化するには、まだまだ魔力が弱いということか」

言いながら、先生は手早くオレの身体を拭って、服を着せていってくれた。

「もっとお前の性的欲望を高めなくては、本来の魔力を発揮するのは難しいようだな」

それって、いやらしくなったらその分だけ、魔力が強くなる……ってこと？

「せ、先生。なんかとんでもないこと、言ってませんか？」

ずっとイイ子でお座りして待っているケルベロスにボールを投げてやって、オレはそっとベッドから下りた。

「とんでもなくはない。前に話しただろう。満たされない欲望は魔力として蓄積されると。だから、簡単には満たされないほどの大きな欲望を抱く必要があるのだ」

童貞でまともな恋愛経験もなく、オナニーもほとんどしたことがないオレは、かなりの魔力を溜め込んでいるはずだと先生は言った。

「でも、もしかしたら、もともとのオレの力が弱いってことはないですか？」

それなら、どんなにトレーニングしたところで、ケルベロスマスターとして冥府の門を守れない。

「それは心配ない。ケルベロスに選ばれた時点で、お前には純血悪魔にも劣らない強力な魔力が備わっていると証明されている」

少し歪んだネクタイを直しながら、先生は毅然として答えた。

そのとき、それまでボールで遊んでいたケルベロスが、ベッドから下りたオレに気づいて駆け寄ってきた。

アンッ！

こっちに向かってジャンプしようとするのを認めた瞬間、恐怖心が込み上げ、思わずぎゅっと目を瞑って叫んでいた。

「お、お座りぃ――っ！」

同時に、ケルベロスに体当たりされるのを覚悟して身構える。

だが、二秒、三秒経っても、いっこうに衝撃は襲ってこない。

「ん？」

首を傾げたところへ、先生がオレの肩をポンと叩いた。

「おい、見てみろ」

言われるまま目を開けると、ケルベロスがオレの足許でお座りしていた。

アン、アンッ！

三つの頭が声を揃えて嬉しそうに吠える。千切れんばかりの勢いで尻尾を振って、それぞれ笑っているみたいな表情だ。

「あんな急な命令だったのに、ちゃんとお座りしてる……」

驚きと感動で、鼻の奥がツンとなる。

最初の頃は何を言ったって、まるで言うことを聞かなかった。

書斎荒らし事件以降、少しずつ命令に従ってくれるようになったけど、集中力が続かなかったり、さっきみたいな咄嗟の命令にはなかなか反応してくれなかったのだ。

「地道な努力が報われたな」

目を潤ませるオレの頭を、先生がくしゃっと少し乱暴に撫でてくれる。

「……せ、先生っ」

今日までこれといった成果が出せていないこともあって、こうして先生に褒められるとなんだかすごく嬉しい。

「今ならケルベロスも集中しているようだし、お前の命令で人形に変化させられるかもしれないぞ。試しにやってみろ」

マスターはそのときどきによって、球体か犬、そして人形と、ケルベロスを変化させてつねに帯同させなければならない。

精液で球体から具現化することはできるが、それ以外の変化をオレの意志では今まで一度もできていなかった。具現化したケルベロスが球体に戻るのは、相変わらず時間が切れたときだけだ。

ケルベロスが人形と子犬の姿に好き勝手に変化するのも、アイツたちの意志によるもので、オレの意志や命令で変化することはなかった。

「あの教本にも書いてあっただろう。犬の集中力の持続時間は五分ほどだと。とくにケルベロスは魔族だけあって気分の振り幅が大きい。調子がいいときにできることをやっておくべきだ」

オレに拒否する権利なんてあるはずがない。

先生に言われるまま、ケルベロスと向き合う。

「凌平、無闇に命じてもケルベロスには響かない。ちゃんと自分に意識が向くよう、目を合わせてゆっくりと命じるんだ」

土蔵の隅に立って腕組みした先生がアドバイスをくれる。

たしか、『わんこの飼い方・躾け方』にもそう書いてあったな。

けど、目を合わせるって、どの目を見ればいいんだろう？

三つの頭には、三組の目がある。

さて、どうしようと迷っていると、金色の目をもつ頭が小さく鼻を鳴らした。

アウリムだ。

彼は人形のとき、三人の中で一番大人びていてリーダー的存在だ。

オレはアウリムの正面に立つと、じっと金色の目を見つめた。

短く浅い呼吸を繰り返す口から、鋭い牙がチラッと覗く。

一瞬、恐怖心が顔を覗かせたが、グッと抑え込んだ。

「オレの目を見るんだ」

落ち着いた声で呼びかけ、金のつぶらな瞳がオレを見ているのを確認する。すると、アウリムを真似るように、銀の目のジルヴァラ、黒の目のネロもオレを見つめた。

「待て」

ゆっくりと命じ、オレは静かに三歩後じさった。

そしてアウリムの目を見つめたまま、口に出しつつ頭でも念じる。

「人形になってみろ」

魔力の使い方なんて分からないから、そうするしかない。

先生に一度教えてもらったけど、「手足を動かすのと同じようなものだ」とか言って、まるで参考にならなかった。

しばらくすると、ネロがオレに向かってキュンキュンと鼻を鳴らした。駆け寄りたそうに身体をウズウズさせるが、アウリムが統制をとっているのか、お座りの姿勢を維持している。

「いい子だから、頑張ってくれ」

今日も駄目かな——と思ったとき、ケルベロスに異変が生じた。

「え？　な、なに……」

突然、ネロの頭が熱せられたガラス細工みたいにぐにゃりと融け始めたのだ。

「う、うわぁっ……！」

B級ホラー映画なんかより、よっぽどショッキングな状況に思わず顔を背ける。

そのとき、黒葛原先生の叱咤《しった》する声が聞こえた。

「気をそらすな！　ケルベロスに意識を集中させろ」

「そ、そんなこと、言われても……っ」

スプラッタ系とかホラー系は苦手なんだよっ！

残りの二つの頭が平然として、ブンブン尻尾を振っているのが余計に恐怖を煽る。

「ここで踏ん張ったら、フルーツタルト、ワンホール食わせてやる！」

その場で蹲ってしまったオレの耳に、なんとも魅力的な単語が飛び込んできた。

「フ、フルーツタルト……ワンホール？」

反射的に顔を上げ、先生を睨みつける。

「マジ、ですか？」

「俺が嘘を言ったことがあったか」

先生が真剣な面持ちで睨み返す。

悪魔のくせに、何言ってるんだ……とは、思わない。

「レモンシフォンケーキ、今朝、仕込んでましたよね。先生？」

立ち上がりながら訊ねると、先生はニヤリと笑った。

「鼻が利く奴だ」

そう言って、大きく頷く。

「分かった。シフォンケーキも出してやるから、しっかりとケルベロスに体勢を保たせろ」

「や、約束ですからね！」

念押しして、オレは再びケルベロスに向き合った。

見れば、ネロの頭は半分が融け落ちたように崩れてしまっている。

「うわぁ、やっぱ、気持ち悪い……」

怯んでしまいそうになるのを、ご褒美のスイーツを思い浮かべて踏みとどまる。

フルーツタルト、シフォンケーキ、フルーツタルト、シフォンケーキ――ッ！

「ネロ！　オレの声に集中しろ！」

半分、祈るような気持ちで呼びかける。

書斎荒らしの一件以降、オレはちゃんとケルベロスたちの名前を呼んでやるよう気をつけていた。

すると、融けかけていたネロの耳らしきものが、ピンと立ってオレの方へ向いた。

「いいぞ、ネロ！　ほら、ジルヴァラもアウリムもしっかりしろよ」

励まし続けると、ネロの頭がどんどんもとの姿に戻っていく。

「いい子だ！　そこから人の形になるんだ。頑張れ！」

けれど、そこでケルベロスの集中は途切れてしまったらしい。

もとの子犬の姿に戻ると、その場にぺたんと腹這いになり、三組の目でじっとりとオレを睨んだ。

「あー！　もうちょっとだったのに……」

今日こそはいけそうだと思っていたせいか、オレはひどくがっかりした。

「途中で逃げ出したりせず、命令に従う姿勢を見せただけでも充分だろう。ちゃんと褒めてやれ」

先生が仕方がないといった表情で頷く。

「本当ですか？　やったぞ、ケルベロス！」

嬉しさに振り返った途端、ケルベロスが飛びついてきた。

「う、わっ……」

待て、という間もなく、押し倒される。

ケルベロスはオレに覆い被さって、顔や頭や耳、首筋なんかをペロペロと舐めまくった。

「ま、待って……ネロ！　ジルヴァラ……アウリム、やめろって」

飛びかかられると、途端に恐怖心が湧き上がる。

「せ、先生っ！　頼むからちょっと……ケルベロスをどけてくださいっ」

助けを求めて叫ぶと、突然、身体にかかっていた重みが消えた。

え——？

まさか……と思って身体を起こすと、はたしてそこには人形になったケルベロスたちが立っていた。

「お前たち、なんで……？」

困惑するオレに、ネロが口を開いた。

「そんなんだから、おれたちいつまでたってもオトナになれないんだよ」

アウリムとジルヴァラが同意するように頷いて、怒っているのか拗《す》ねているのか分からない表情でオレを見つめる。

「……な、何、言って……」

どうして急にケルベロスたちに責められているのか、オレには理解できなかった。

「だってまちゅたー、ぼくたちのこと、まだこわがってるでちょ?」

ジルヴァラに言われ、ハッとなる。

「犬……わたしたちに対する恐怖心が透けて見えるんですよ」

アウリムが溜息交じりに呟いた。

「そ、そんなこと言ったって……」

図星を指され、言い返そうにも言葉が出てこない。

「わたしたちは何があっても、マスターを噛んだり傷つけたりしません」

アウリムがトコトコと近づいてきてオレの手を摑んで身体を起こしてくれた。

「ちょうだよ、まちゅたー。ぼくたち、まちゅたーのことだいちゅきだもん」

ジルヴァラが反対の手を握って上目遣いに見つめる。

「だからさ、りょーへー。おれたちのこと、こわがんないで、しんじてくれよ」

ネロはそう言うと、オレにお尻を向けてフサフサの尻尾を振ってみせた。

「ほら、さわってみな。おれたちのけなみは、サイコーなんだから」

ジルヴァラとアウリムが続く。

「もふもふなんでちゅよ?」

「防寒、保温性も高くて、どんな毛皮よりおススメです」

ケルベロスたちに不安と期待に満ちた眼差しで見つめられると、さすがに心が痛む。

「そこまで言われたら、マスターとして男気を見せるべきではないか」

それまで黙っていた黒葛原先生が、不意に口を開いた。

「ケルベロスを心から信頼してやれなくて、ケルベロスマスターが務まるはずがない」

先生の言葉に同意するように頷いて、ケルベロスたちが縋るような目をオレに向ける。

「分かったよ」

観念して、先生とケルベロスたちそれぞれに頷く。

「頑張って、苦手意識なんか忘れてやる」

「じゃあ、いきますよ？」

アウリムが上目遣いに言ったかと思うと、瞬時に黒い子犬が現れた。

アンッ！

「うわっ！」

いきなり目の前で吠えられ、思わず身体を仰け反らせたところに、元気よくケルベロスが飛び込んでくる。

「……って、飛びかかるのはやめろよ！」

押し倒されながらも、オレは勇気を奮い立たせてケルベロスを抱き締めた。

すぐ耳許で、三つの口が「ハッハッハッ」と短く息をするのが聞こえる。一瞬、脳裏に尖った犬歯が浮かんだけど、オレは恐怖を押し殺してケルベロスの首へ腕をまわした。

「え、なんだこれ？」

首を抱き締めると、一見硬そうな毛が思ったよりやわらかいことに気づいた。

「もっふもふ〜。めちゃくちゃ気持ちいい〜！」

胸のあたりの毛はとくにやわらかくて、顔を埋めて心地よさを堪能する。

オレが嬉しそうにすると、ケルベロスも腹の上で嬉しそうに尻尾を振った。尻尾を振るとその反動でまるっとした身体まで震えるのがかわいらしい。

「凌平」

床に転がったままケルベロスとじゃれ合っていると、頭上から先生に名前を呼ばれた。

「なんですか？」

涎《よだれ》だらけになった顔を向ける。

「ちゃんとできたら、褒めてやらなければいけないだろう」

「……だから、こうして撫でて抱き締めてやってます。あの本にもそう書いて……」

頭のそばに仁王立ちした先生を見上げ、不審に思いながら答えた。

「たしかに、撫でてやるのも褒美になる。だが、ケルベロスはただの犬じゃない」

言って、先生が目を細めた。

「頑張った褒美に、お前はスイーツを食べる。ケルベロスにも、お前にとってのスイーツと同じ褒美を与えてやれと言っているのだ」

「それって、まさか……」

イヤな考えしか浮かばない。

「血、ですか？」

以前、オレの血がケルベロスのおやつだと言われたことを思い出し、ゾクッと身を震わせた。

「馬鹿か。精液だ。ケルベロスにとってマスターの精液ほど、欲と飢えを満たすモノはほかにはない」

「え――」

身の危険を感じ、慌ててケルベロスの腹の下から這い出そうと身を捩る。

しかし、すかさず三つの口にTシャツやハーフパンツを咥えられ、呆気なく引き戻されてしまった。

「ま、待てっ……！」

金と銀と、そして黒の瞳に見下ろされ、震える声で命じる。

けれど、ケルベロスは命令を無視して、オレのハーフパンツを脱がしにかかった。

「ぎゃーっ！　な、何するんだ！　待てっ……放せってば！　言うこと聞けよ！」

怒鳴っても叫んでも、どの頭もオレの声に反応しない。精液というご褒美に我を失っている。

「凌平。おとなしくケルベロスに褒美をくれてやれ。今のお前の力では、こうして直接精液を飲ませてやるほか、飢えを満たしてやれないのだから」

黒葛原先生が背後からオレの肩を押さえつける。

「ちょ……、先生までオレを裏切るんですかっ……」

「人聞きの悪いことを言うな。ケルベロスマスターとしての心得を教えてやっているだけだ。……ほら、観念して力を抜け。あまり焦らすと、ケルベロスが噛みつくぞ」

「そ、そんなこと……しないって、言ってた……」

ケルベロスたちの言葉を信じてそう言い返したけど、ホントはちょっと怖い。

「今、『ちょっと怖い』と思っているだろう」

先生に本心を見透かされ、絶句して息を呑む。

「お前が心の底から信頼しない限り、マスターとしてケルベロスを使役することはできないぞ。人形への変化も、命じるより思念で伝えられなければいけないというのに」

わざとらしく残念そうに目を細める先生の言葉に、オレは咄嗟に叫んでいた。

「そ、それと今のこの状況となんの関係があるんですかっ！」

「魔力を強めるため、射精を制限していたとはいえ、褒美も餌も与えてくれないマスターに、ケルベロスが従うと思うのか？」

「う、うう……」

球体から具現化するときしか、まともに精液を与えていなかったことを思い出し、いよいよ何も言えなくなる。

だってそれ以外は、魔力を高めるためだからって……しゃ、射精させてくれないんだから仕方ないじゃん。

「こういうことになるのが嫌なら、早く強い魔力を得て、精液を別の形に変化させて与えられるようになることだな」

「だったら、その方法、教えてくださいよっ！」

「どちらにしろ魔力の弱い今のお前には無理だ。ほら、どうする。ケルベロスが下着を良いちぎるぞ」

「ど、どうするも、なにも……」

すっかり諦め顔のオレを見ると、先生は必死にハーフパンツを脱がそうとしているケルベロスに声をかけた。

「おい、マスターの許しが出たぞ。気の済むまで、存分に褒美をもらうといい」

次の瞬間、勢いよく下着とハーフパンツがずり下ろされ、下半身があらわになった。

と同時に、三つの頭が我先にと股間へ顔を埋める。

「ひぁ……っ！」

小さく縮こまった性器に、三つの舌が絡みつき、オレはみっともない悲鳴をあげた。

「せ、先生……やっぱ駄目だって、こんなの……」

小さな黒い獣が、オレの……ちんちんを……食べてる——。

信じられない光景を目の当たりにして、恐怖が一気に押し寄せた。

「大丈夫だ。すぐに気持ちよくなる。オレがついているから、安心して好きにさせてやれ。それに、直接精液を与えてやればしばらくの間ケルベロスが飢えることはない」

先生は淡々とした口調で言って、オレの肩や額を優しく撫でてくれた。

「ふっ……う、う……ぁ」

はたしてその言葉どおり、オレはすぐにケルベロスに与えられる刺激に夢中になった。

下半身を曝《さら》け出し、脚を大きく開いて、勃起した性器から溢れ出す先走りをケルベロスに舐め取らせる。

「んあっ……あ、ばかっ……そんなトコに、いれ……ん……」

先生に弄られてすっかり敏感になった先端の窪みに、舌先が突っ込まれた。

根元から先端まで、裏筋を何度も何度も舐め上げられ、背筋の震えが止まらない。

鼻先で袋を突かれたり捏ねられると、腹の奥がズクズクと疼いてむず痒いような快感を覚える。

ケルベロスは鼻息荒く、夢中になってオレの股間を貪っていた。

ときどき覗く鋭く尖った白い犬歯が、性器を傷つけるんじゃないか——。

そんな恐怖が、余計に快感を煽り立てる。

「あ、ああっ……出るっ……」

絶頂は、信じられないくらい早くやってきた。

「イ、ク……っ」

両手で先生の大きな手に縋りながら、オレは自分でも驚くほど多量の精液を放った。

「あ、あ、あ――」

腰を揺さぶって、何度かに分けて射精すると、ケルベロスが三つの口ですべて受け止め、舐め取り、嚥下《えんげ》する。

「……はぁ、はぁ……はぁ」

オレは陶然《とうぜん》としつつ、嬉々として褒美の精液を貪るケルベロスを眺めていた。

やがて、ケルベロスはオレの腹や床に飛び散った白濁をすべて舐め取ると、オレの顔にそれぞれが口を近づけてきた。

「なんだよ……もう、出ないぞ」

絶頂の余韻に気怠《けだる》い表情を向けるオレの頬を、三つの舌が優しく舐める。

「くすぐったいって……」

「ごちそうさま」とでも言うような仕草を、ちょっとカワイイなんて思ってしまう。

やがてケルベロスは腹がいっぱいになったのか、オレのすぐ脇で丸くなって寝息をたて始めた。子犬ながらシェパードそっくりの顔は精悍だけど、眠っているとどことなくあどけなく見えて可愛げがある。

「ケルベロスに餌を与えるのはマスターとして当然のことだ。慣れろよ」

先生がオレの身体を抱き起こし、小さい子どもの着替えを手伝うみたいに下着とハーフパンツを穿かせてくれる。

「……ど、どうも」

恥ずかしいところばっかり見られて、労《いたわ》りの言葉なのか揶揄われているのか分からない。

間を埋めようにも言葉が見つからなくて、ケルベロスの寝顔をぼんやり眺める。

すると、先生が隣に並んで同じようにケルベロスを見下ろして言った。

「意識のない今なら、お前の意志でケルベロスを球体に戻せるんじゃないか」

「……え？」

突然、何を言い出すのかと、先生の表情を窺う。

「モノは試しだ。そうすれば、お前も心置きなく身体を休めることができるだろう？」

「それは……そうですけど」

先生の気遣いは嬉しいけれど、やっぱりちょっと不安だ。

「駄目ならこの土蔵の扉に封印を施し、ケルベロスが目を覚ましても外へ出てこられないようにしておけばいい。お前の犬に対する苦手意識が消えたといっても、ケルベロスを完璧に使役できるようになったわけではない。暴走してまた書斎を荒らされては堪らんからな」

「封印……って、そんなことができるんですか？」

驚きに目を丸くするオレに、先生は苦笑いを浮かべる。

「俺を誰だと思っている」

そうだ。

すっかり忘れていたけど、黒葛原先生は数百年生きている上級悪魔だ。

お菓子作りが趣味の、ムッツリ准教授じゃなかった。

「……フフッ」

なんだか可笑しくなって、小さく噴き出してしまう。

先生は何か言いたそうな顔をしていたけれど、笑いの意味を突っ込んだりはしなかった。

「それだけリラックスした状態なら、上手くいくかもしれん」

そう言うと、右の人差し指を立ててみせた。

「俺の言うとおりにやってみろ。失敗を恐れる必要はない。あくまで、モノは試し、だ」

「モノは、試し……」

繰り返し呟いてから、眠るケルベロスの頭のそばへ膝をついた。

「指を唾液で濡らしてそれぞれの鼻頭に触れ、強く胸の内で命じてみろ」

聞くだけなら、とても簡単そうだ。唾液で指を濡らすのは、体液を触れさせることで魔力をより強くするためだろう。

「やってみます」

先生を見上げて頷くと、オレはペロッと人差し指を舐めた。そして、右から順にケルベロスの三つの鼻先に触れていく。黒光りした鼻先はひんやりと濡れていた。

最後に、胸の中で強く、命じる。

オレはそっと目を閉じて、一心に「球体に戻れ！」と念を送った。

「……ほう」

頭上から先生の声が聞こえ、おそるおそる目を開く。

「ああっ！」

すると、目の前で丸くなっていたケルベロスの姿が消え失せ、かわりに小さな黒い球体がコロンと転がっていた。

「う、そ……」

信じられない想いで、おずおずとケルベロスの球に手を伸ばし、拾い上げる。そして、ゆっくりと黒葛原先生を仰ぎ見た。

「先生……できちゃった」

びっくりして、心臓のドキドキが止まらない。

けれど先生は落ち着いた様子で、何か考え事をしている。

「あの、先生？」

立ち上がって呼びかけると、先生はオレの頭をぽんぽんと軽く叩いて「よくやったな」と褒めてくれた。

「おそらく凌平は、自分以外の者に快感を高められた方が淫らな欲望が膨れ上がり、より魔力が強くなるようだ」

「……は？」

首を傾げるオレに、先生は丁寧に説明してくれた。

「ケルベロスの具現化には、俺が手を貸してやっただろう？　そして、球体に戻す前、ケルベロスに舐められて達している。少しずつ本来の力が覚醒しつつあるのだろうが……」

先生は急に黙り込むと、じっとオレの額を見つめた。そこは魔力が高まれば角が生えると言われた、発疹のような物が出ていたところだ。最近は発疹が繋がってうっすらと赤みを帯びた痣みたいになっていた。

無言のまま、感情の読めない表情を浮かべる先生に、不安が募る。

これは、オレにとって絶対に嬉しくないことを考えている顔だ。

「凌平」

凄まじい眼力に引きつけられ、顔を背けることはできなかった。

「具現化のたびにこうも時間をかけている余裕はない。念だけで具現化できるようになるまで、魔力を高めるために、俺が持ちうる手練手管を駆使し、考えつく限りの趣向を試み、手伝ってやることにしよう」

「は……？」

ほら、やっぱり、とんでもないことを考えていたじゃないか。

さすがにドン引きだ。

「いや、それはちょっと……。それに、先生も忙しいだろうし、自分でちゃんと……」

「もう決めたことだ。明日からゴールデンウィークが終わるまでは、必ず俺が手伝ってやる。お前は体力作りとケルベロスとの信頼関係を深める方法と躾のことだけ考えろ」

先生は言いたいことだけ言うと、さっさと土蔵を出ていこうとする。

「待ってくださいよ、先生！」

呼び止める声に、先生が足を止めて振り返る。

「もう、昼食の時間だ。お前も疲れただろう？　頑張った褒美もちゃんと用意してやる。フルーツタルトにレモンシフォンケーキだったな」

まるで話が噛み合ない。

「いや、そうじゃなくて……」

焦れったくて駆け寄ろうとしたとき、先生がハッとするほど色っぽい微笑みを浮かべた。

「今日は期待以上に頑張っていたし、夜のメインはローストビーフにしよう。お前、肉も好きだったな」

「ロースト……ビーフ」

不覚にも、ゴクリと喉が鳴って、口の中に唾液が溢れた。おまけに腹がぐう～と鳴る。

「どれも下拵《したごしら》えは終わっているから、そう待たせることはない。お前は一度風呂に入って身体を休めていろ」

そう言うと、先生は今度こそ土蔵から出ていってしまった。

「嘘だろ……？　毎日、先生に……なんて」

さすがに気が重くなる。

オレの予定では、今頃大学の友達と連休を謳歌《おうか》していたはずだったのになぁ……。

先生が出ていった土蔵の扉を見つめ、理想と現実のギャップにがっくりと項垂れる。

できることなら、何もかも放り出してしまいたい。

でも――。

「オレを、捜してたって言ってたし」

数百年、ケルベロスマスターを捜して世界中を彷徨った先生のことを思うと、やっぱり胸が痛む。

「オレが頑張らなきゃ、世界が滅んじゃうらしいし……」

まだちょっと、心のどこかで疑っている部分はあるけれど、自分が生きる世界がなくなってしまうのはやっぱり嫌だ。

「それに、スイーツ……めっちゃ美味いし」

別に、スイーツが目当てってワケじゃないけど、先生は約束どおりオレのリクエストになんでも応えてくれる。

准教授の仕事に日常生活におけるオレの世話、そこにケルベロスマスターとしての訓練と、先生だってけっして暇なわけじゃない。そのうえ、オレのご褒美にと、毎日たくさんのスイーツや料理を準備してくれるのだ。大変に決まってる。

「悪魔なのに、生真面目で優しいし……」

ふと、大きな手で頭を撫でられたり、素肌に触れられたときの感触を思い出す。

すると、どうしようもなく胸が切なく震えた。

「ほんと、ぶっきらぼうだけど、優しいんだよなぁ」

その優しさを、無下にしたくない。

口にすることはほとんどないけれど、先生はオレにすごく期待してくれている。

信じてくれているんだと思う。

「だから、頑張らなきゃ」

小さく呟いて、手の中のケルベロスの球をきつく握り締める。

その日の夜はどういうわけだか、先生に触れられた股間や頭、肩が、火傷したみたいに熱をもって、いつまでも落ち着かなかった。


宣言どおり、先生は翌日から、ケルベロスを具現化させるための射精を手伝ってくれるようになった。オレの魔力を高めるため、とても丁寧でいやらしい愛撫を施してくれる。

「おい、そう緊張するな。いい加減、慣れたらどうなんだ」

もう、季節的に初夏といってもいいあたたかさなのに、先生は相変わらずスリーピースのスーツをきっちりと着込んでいた。

「そ、そんなの……無理っ」

土蔵にはは当然、エアコンなんてなくて、オレはいつも汗だくになる。

なのに先生は涼しい顔で、オレの身体を弄っては気絶しそうなほどの快感を与え、射精を促す。

オレばっかり「アンアン」喘がされて気持ちよくなって、先生に縋ってみっともない姿を晒しているのだ。

ほかの人がどうか知らないけど、こういういやらしいことをするときって、触っている方も少しぐらいは興奮したりするものだと思ってたんだけど……。

先生の態度はいつもとまるで、変化がない。

最近、それがちょっと、悔しい。

「どうした、凌平。今日は反応が鈍いようだが」

快楽に身悶えながら考え事をしていたら、先生が肩越しに顔を覗き込んできた。

「そっ……んなこと、な……いっ」

首を振って否定したけれど、自分でもちょっと時間がかかっている自覚があった。

気持ちよくないわけじゃないけれど、もどかしいというか、物足りないというか……。

もっと、違うところも触ってほしい——。

いつの頃からか、オレはそんなことを思うようになっていた。

「物足りない……という顔をしているな」

右手はオレの股間を弄ったまま左手で顎を掴まれ、強引に顔を後ろに向けさせられる。

心の中を読まれた驚きに、声が出ない。

「……え」

ぶつかった視線をそらすこともできず、ただ、唇を震わせた。

「貪欲なことは、悪魔にとって恥ずかしいことではない。欲が深まって魔力が高まってきた証拠だ」

先生が動揺して黙り込んだオレの目を見て告げる。そして、顎を捕らえていた左手を移動させ、するりと脇腹を撫でた。

「んあっ……」

悪寒に似た震えに襲われ、鼻にかかった声が零れてしまう。

「ケルベロスを得たことで、眠っていた悪魔の血が目覚めつつあるのだ。日々の訓練で魔力が強まるにつれて、本能的に欲を満たしたい想いに駆られるのは当然のことだ」

淡々と話しながら、先生はオレのTシャツを捲り上げた。

「欲しいなら、そう言えばいい」

「そ、そんなんじゃ……な……」

慌てて否定しようとしたとき、尻の谷間にヌルッとして、そのくせヒヤッとした何かが触れた。

「ひぁっ……！　な、なに……っ？」

後ろを振り返ると、先生がほんのりと赤みを帯びた目でオレを見つめている。

「こうして欲しかったんじゃないのか？」

意地悪く囁いたかと思うと、尻を撫でていたモノがきゅっと閉じた窄まりに触れた。

先生の、尻尾だ。

「アッ！」

短い悲鳴をあげて腰を浮かせたところを、狙いすましたように抉《えぐ》られる。

「……や、ぁ」

逃げようとする身体を後ろから羽交い締めにして、先生は爬虫類《はちゅうるい》を思わせる尻尾を遠慮なくオレの尻に突き入れた。

「嫌じゃない。自分で分かるだろう？　お前のココはもうすっかり弄られることに慣れている」

「ううっ……」

そんなことない——って言いたい。

けど、先生にお尻を触られると、オレの身体はそれだけで一気に熱くなって、自分でもびっくりするぐらいいやらしく反応するようになっていた。

「素直に認めろ。欲望に忠実であることも、魔力を高めるには大切なのだ」

言いながら、先生は尾を器用に操って、オレの一番感じる部分を刺激する。

「んあっ！　やだっ……そこ、変にな……あ、ああっ……。出ちゃ……っ」

尻の奥をヌルッとした尾で突かれると、どうしようもない。

オレは絶頂を自覚する間もないくらい、呆気なく射精してしまった。

いつものように、ケルベロスの球がどろりとした精液をまとい、黒煙を立ち上らせる。

そして、閃光が走ったかと思うと、「アン」「アゥン」「きゅ～ん」という鳴き声がして、子犬姿のケルベロスが現れた。

「最初は集中できていないようだったが、後半、あっと言う間に達したな」

先生が肩越しに言いながら、オレの頭をクシャクシャッと掻き乱す。

「それ、あんまり……嬉しくないです」

揶揄ってるワケじゃないって分かってるけど、やっぱり恥ずかしい。

何より、先生に触られると、多少の悩みなんかすぐに吹き飛んで、自分でも引くぐらい感じてしまう。

そんな自分と、どんどんいやらしくなっていく身体をどう受け止めたらいいのか分からない。

「ケルベロスは子犬のままだが、はじめの頃に比べると丸っとしてきて毛艶もいい。少しずつだが魔力が強まっている証拠だ」

「……はあ」

いそいそと身繕いしつつ、曖昧に頷いた。

ケルベロスはきちんとお座りしてオレを見つめている。

尻尾を嬉しそうに振るのを見ていたとき、ふと、感じたことのない――いいや、気にしないようにしていた不安が込み上げてきた。

「けど、こんな調子で、ちゃんとケルベロスマスターになって、門を守れるんでしょうか」

ローズムーンまで、あと一カ月ちょっとしかないのに、ケルベロスは相変わらず子犬の姿だし、人形への変化もオレの意志ではできないままだ。

言うことは聞いてくれるようになったけど、はっきり言って間に合う自信がない。

「大丈夫だ。俺がどれだけの想いと責任を背負って、お前を捜し続けてきたと思っている。たとえ俺の身に何かあっても、お前とケルベロスを立派な冥府の門番に育て上げてやるから安心しろ」

先生がオレの肩をぽんと軽く叩いて、少しだけ目を細める。

「……うん」

ホッとして気が緩んだんだろうか。頷くと、涙がぽろっと零れ落ちた。

「ああっ！」

「なかちたっ！」

「我々のマスターを泣かすとは、許せません！」

オレの涙を見て瞬時に人形に変化したんだろう。

ケルベロスが、口々に喚《わめ》きながら先生を責め立てる。

「ちどーちゃかなんかちらないけど、まちゅたーいじめたらちょーちちないぞ！」

さ行がまともに発音できないジルヴァラが、ベッドに飛びのってくるなり先生の脚に噛みついた。そこへ、あとの二人が続いて先生にしがみつく。

「りょーへーをいじめるな！」

「マスターの仇《かたき》を討ってやります！」

三人は先生の腕や脚、背中にしがみついて、噛んだり引っ掻いたりした。

「お、おいっ！　やめろよ！　虐められてないからっ！」

オレは慌てて三人を引き剝《は》がしにかかった。

けど、一人ベッドの下へ下ろしても、その隙に別の二人が先生に飛びかかっていく。

「ばか！　離れろっ！　くそぉ……お前らオレの言うこと聞けってば！」

ちぎっては投げ、ちぎっては投げ……って感じでケルベロスたちを払い落とすけど、いっこうにラチがあかない。

そのうち、息が上がってヘトヘトになったオレは、思わず叫んでいた。

「お前ら、いい加減にしろ！　お……お座りだ！　お・す・わ・り――っ！」

すると、それまでオレの声なんかまるで無視していたケルベロスたちが、ビクッとしたかと思うと、揃って床にしゃがみ込んだ。

「あっ」

「ん？」

「う……」

ケルベロスたちが、ハッとして顔を見合わせる。

「……え、マジで？」

咄嗟に叫んだ命令に、ケルベロスたちが反射的に従うなんて前に一度あったきりだったから、びっくりしてぽかんとしてしまう。

命令に従うのは、オレとケルベロスが互いに集中した状態で、正面から目を見つめたときだけだったのだ。

「よ、よーし。そのまま、待て、だ。いいな、じっとしてろよ」

気を取り直してさらに命じると、ケルベロスたちは拗ねたように唇を尖らせつつもきっちりと従ってくれた。

「あの、先生……」

まさかこんなかたちでトレーニングが一歩前進するなんて思わなくて、オレは戸惑ったまま先生を振り返る。

「今のは、やっぱり偶然ですよねぇ？」

すると、それまでずっと黙っていた先生がいきなり噴き出した。

「フッ……フハハハッ」

顔をくしゃくしゃにして声をあげて笑う先生に唖然とする。

いつも難しい顔をしていて、笑ったとしても薄く目を細めて微笑むところしか見たことがない。それも、一日に一度か二度、あったらいいところだ。

そんな先生が、爆笑している。

肩を揺らし、心の底から可笑しそうに――。

彫りが深いからか、笑うとあちこちに皺が寄る。すると、いつものお堅い雰囲気が一気にやわらいで、すごく優しい笑顔になった。

——そんな顔も、できるんだ……。

今まで目にしたことのない黒葛原先生の笑顔に魅せられる。

やがて、先生はオレがじっと見つめているのに気づいて、笑顔を引っ込めてしまった。

それでも、いつもよりもずっと穏やかな表情を浮かべている。

「どうした、凌平。ぼーっとして」

「いえ、別に……」

オレはなんだか胸のあたりがくすぐったくて、なんと言っていいのか分からなかった。

「それにしても、あの状態のケルベロスたちを一喝して従えるとは驚いた。これまでの調教の成果がここにきてやっと花開いたということか。うむ、よくやった」

そう言って、先生がいつもみたいにオレの髪を撫でてくれる。

大きな手の優しい感触にうっとり目を閉じると、ホッとしたのか急に眠気を感じた。

それもそうだ。

先生に散々……手とか唇とか、尻尾で、あんなことやこんなことをされて、射精したばっかりなんだから。

オレはここ数日で、いわゆる「賢者タイム」って感覚を身をもって知ったばかりだった。

「朝の訓練はここまでにして、昼飯は特別に何か作ってやろう」

「え、いいんですか？」

先生の手が離れていく気配に、ハッとして閉じかけていた瞼を開く。

一瞬、名残惜しいなんて感じた自分に内心驚いていた。

「人形を維持させた状態でケルベロスを服従させるには、かなりの魔力と体力、精神力が必要だ。お前、さっきからひどく眠そうな顔をしているぞ？」

「たしかに、すっごく……怠くて、眠い、です」

先生に顔を覗き込まれて、オレはぼんやりしたままコクンと頷いた。

その後、「昼ごはんまでケルベロスたちと部屋で休んでいろ」と先生に言われ、シャワーを浴びて自分の部屋でゴロゴロする。

土蔵での一喝が偶然でも奇跡でもなかった証拠に、ケルベロスたちは今までのヤンチャぶりが嘘みたいに、オレの部屋でおとなしく遊んでいた。円を描いた三人の中央には、ブロックが山積みになっていて、それでお城を作っているようだ。

『たとえ俺の身に何かあっても、お前とケルベロスを立派な冥府の門番に育て上げてやるから安心しろ』

「先生が大丈夫って言うんだから、きっと、大丈夫なはず……」

そう呟いたとき、母屋の方からすごく食欲をそそる匂いが漂ってきた。

「なんだろ？　特別な物、作ってくれるって言ってたけど」

飛び起きてケルベロスたちに声をかけると、急いでキッチンに向かう。

「先生、すっごくいい匂いがするんですけど」

「相変わらず、鼻の利くヤツだな」

キッチンに顔を出したオレに、先生が呆れ顔で応えた。

「丁度、部屋へ呼びに行こうと思っていたところだ。……ケルベロスたちもしっかり従えられているようだな」

先生も土蔵から戻って着替えたらしい。午前中とは違うスーツを着ている。淡いグレーのスーツにブラウンのベストというコーディネートは、気候に合っていて涼しげだ。南向きの掃き出し窓を全開にしているせいか、差し込む太陽の光にオールバックに整えられた赤い髪が石みたいに輝いている。

ダイニングテーブルの上を見ると、料理に銀の蓋――クロッシュが被せられていた。

ケルベロスたちがティーポットや、赤い花が描かれたティーカップを割ってしまったせいで、今はどこにでも売っていそうな白い陶器のティーポットとティーカップが、食事やお茶のときに用意されるようになっている。

「昼食はガレットを焼いてみた」

「ガレット?」

甘いスイーツじゃなかったことを意外に思って首を捻る。

「なんだ、文句でもあるのか?」

先生が意味深な微笑みを浮かべるのに、オレは「そんなことないです」と即座に首を振った。けれど、ちょっとガッカリした気持ちが確かにあった。

「別に、文句があるなら食べなくてもいいが……」

言いながら、先生がそっとクロッシュを取り去ってみせる。

現れたガレットを見た瞬間、オレは即座に声をあげていた。

「食べます！　食べたいです！　食べさせてください！」

目の前に現れたのは、数種類のメロンを使ったデザートガレットだ。

「ガレットは、好みじゃないと言うなら下げるが」

先生はちょっと意地悪く目を眇める。

最近になって気づいたけど、オレは先生のこの表情が気に入っていた。

ふだんはだいたい、何を考えているか分からない、ちょっと怖そうな顔をしているけれど、ときどきオレを見るときに灰赤色の目を細めるのが、なんだか特別な気がするのだ。

「デザートガレット、大好きです！」

唾を飛ばしながら言い返すと、先生はやれやれと言った様子で溜息を吐いた。

「今は丁度メロンが旬を迎える時期で、いい物が手に入ってな。ケルベロスを従えつつあることと、球体に戻せるようになった褒美だ」

「ありがとうございます！」

そそくさと席につき、フォークとナイフを差し出されるのを受け取って、ぺこりと頭を下げる。

ケルベロスたちを先生が揃えてくれたチャイルドチェアに座らせ、食事が終わるまで待っているように命じた。

「しかし、射精後にボーッとしている時間が長い。今のままではいざというときにケルベロスを具現化できても、敵となる相手に隙を与えてしまう。もう少し体力をつけないことには、ケルベロスを使役することは難しいぞ」

「言われなくても分かってます。だから昨日からジョギングの回数、朝と夕方の二回に増やしたんですから」

嬉々としながら言い返すと、よく熟れたメロンの果実と生クリーム、そしてメロンシロップがたっぷりかかった生地を一口大にまとめて頬張った。

「ん――っ！」

絶妙な甘さと芳香が口中に広がって、なんとも幸せな気分に包まれる。

そんなオレを見つめて、先生が苦笑する。

「お前の無駄に能天気なところには感心させられる」

「……能天気って、ひどくないですか。オレだっていろいろ悩んで、真剣に頑張ってるつもりなのに」

ムッとしてみせると、ケルベロスたちがダイニングテーブルに身を乗り出して声をあげた。

「おい、またりょーへーをいじめるのか！」

「まちゅたー、だいじょぶ？」

「凱はわたしたちのマスターにもっと優しくすべきだと思います」

三人が一斉に先生を責め立てる。

「おい、早とちりするなって。先生は……」

誤解を解こうと三人に声をかけたとき、先生がクロッシュを手に背を向けた。

「ローズムーンまでのんびりしている暇はない。お前たちを成犬の姿で具体化させ、使役できるようになってもらわないといけないのに、これ以上甘やかすなど無理な注文だ」

背中越しに告げると、先生はクロッシュを片付けてキッチンを出ていってしまった。

いったい、何が先生の癇に障ったんだろう。

フォークを手に背中を見送っていると、ケルベロスたちが心配そうに声をかけてくれた。

「あんなことを言っていても、マスターにすごく期待してるんですよ」

「おれ、しってる。ああいうの、ツンデレっていうんだろ？」

「あいちゅ、ぶきようなんでちゅよ。まちゅたー、きにちないでね」

口々に慰めてくれるケルベロスたちの頭を手を伸ばして撫でてやりながら、オレは静かに頷いた。

「知ってるよ、先生がすごく優しい人だってこと……」

どんなに疲れていても、ケルベロスの調教を休ませてくれない。

平気でエロいことはするし、肝心なことを具体的に教えてくれなかったりする。

でも、オレが本気で嫌がったり、体調がつらいときには、トレーニングが途中でも中止したり休ませたりしてくれる。

オレは食べかけのガレットを、一口含んだ。

甘くて、優しい味がする。

「美味しい……」

ガレットを食べるたび、熱いものが込み上げた。

先生はどんな顔で、どんな気持ちで、スイーツを作ってくれているんだろう。

ハデスの血を引く特別な存在のため、仕方なくとかだったら、悲しいな。

「……っ」

そう思った途端、胸に息苦しさを覚えた。

眉間の奥側がジンと痺れて、鼻がツンとなる。

「あれ？」

変だなって思ったときには、涙がぽろぽろと零れていた。

「ああ、そっか」

熱い何かが、ストンと胸に入り込んで、余計に胸が締めつけられる。

「好きなんだ、オレ……。先生のこと」

口に出すと、どうにも堪らなかった。涙腺が壊れたみたいに涙が溢れて止まらない。

もう、ガレットの味も分からなくなる。

「りょーへー？」

ネロがびっくりして黒い目を丸くする。

「まちゅたー、おなかいたいの？」

ジルヴァラが泣きそうな顔で見上げる。

「泣かないでください、マスター」

そう言うアウリムの目にも、涙がいっぱい浮かんでいた。

「大丈夫」

短く言って頷く。

すると、ケルベロスたちがチェアから下りてオレに近づいてきた。そして、背伸びをして順番にオレの頬へキスをするように唇を寄せ、涙を吸い取ってくれる。

「ありがと」

ヤンチャで言うこともなかなか聞いてくれないけど、ケルベロスたちはオレのことをいつも気にかけてくれる。

オレはフォークとナイフを置くと、立ち上がって三人をまとめて抱き締めた。

「お前たちの立派なマスターになれるよう頑張るから、これからもよろしく頼むよ」

「いつだって、わたしたちはマスターのそばにいます」

アウリムの言葉に、ネロとジルヴァラがコクンと頷く。

「うん、ありがとう。信じてるよ、ケルベロス」

目を閉じて、強く抱き締めようとしたとき、フッと腕の中からぬくもりが消えた。
「……え？」
ふと足許を見れば、石畳に黒い球体が転がっている。
「もしか……して――」
まさかと思いつつも、オレには確信があった。
『信じてるよ』
オレの言葉を、ケルベロスたちも信じてくれたんだろう。
マスターとして、本当の意味で認めてくれたに違いない。
だから、球体に戻ったのだ。
いつでも、そばにいられるように……。
オレは球体を手にとると、両手で包み込んだ。そして、胸にあてる。
「ありがとう。頑張るよ、オレ」
せめて、黒葛原先生に嫌われないように。
呆れられないように。
そして、期待に応えられるように――。
掃き出し窓から五月晴れの空を見上げ、オレは決意を新たにしたのだった。

先生への気持ちを自覚したせいだろうか。

オレはそれまで以上に、真剣に魔力を磨き上げることやケルベロスの調教に取り組むようになった。

ケルベロスとの信頼関係が深まったこともあってか、ふだんのトレーニングでは声に出して命じなくても、念じるだけでオレの思ったとおりに動いてくれるようになりつつある。人形から子犬、そしてその逆への変化はいまだにできないけど、球体へ戻すのはもう思いのままだ。あとは成犬に具現化できるようになれば、きっと大丈夫だろう。

まあ、相変わらずケルベロスに振り回されることはあったし、具現化のたびに先生に性器や身体をいやらしく愛撫されてるワケなんだけど……。

お陰でオレの身体は、自分でもちょっと引くくらい快感に貪欲になっていた。

最近では先生の手を見ただけで、変なスイッチが入ってしまうくらいだ。

オレにはそれが、どうにもつらくなっていた。

先生が好きだから、大きな手で触れられるとすごく気持ちよくて、自分でもびっくりするぐらい、みっともないほどに感じまくってしまう。

それと同時に、快感とは別の……切ない感情を覚えるようになってしまった。

――先生にも、感じてほしい。興奮してもらいたい。

先生は別にオレのことが好きだから、触れてくれるわけじゃないって分かってる。

ケルベロスマスターとして一人前にするため、義務と責任感から仕方なく、オレを手助けしてくれてるだけ。

裸になるのはオレだけで、いつだって先生はきっちりとスーツを着込んだまま、表情だってほとんど変わらない。

ほんの少しでもいいから、オレの身体に触れながら、同じように身体を熱くしてくれないだろうか……。

いつしかオレは、そんなふうに思うようになっていた。

もう、六月に入っている。

ローズムーンまで、余裕がない。

こんなことで悩んでいる場合じゃないのに、ふと気づくと先生のことばかり考えている。

先生への想いと、迫り来るローズムーンに対する焦り。

成犬の姿で具現化させるという基礎中の基礎もクリアできない、不甲斐ない自分。

冥府の門を閉じられなかったら、今、オレがぼんやりと考え事をしているこの穏やかな世界が、失われてしまう――。

「はぁ……」

何故だか寝つけなくて、ケルベロスの球を手の中で転がしながら、考えてもどうしようもないことで頭を悩ませていた。

「ダメだ！　シャワーでも浴びてスッキリしよっ！」

悩みを打ち消すようにわざと叫ぶと、着替えを手に母屋へ向かった。

そして、冷たいシャワーを頭から浴びて、風呂場から離れへ戻ろうとしたとき、先生の書斎から明かりが漏れ出ているのを見つけた。

「こんな時間なのに、先生、まだ起きてるんだ」

いわゆる丑三つ刻になろうとしている。

朝は随分と早くから朝食やスイーツの仕込みをして、昼間はオレとケルベロスのトレーニングに付き合い、合間に大学の仕事と冥府の門についての調べ物と、先生はオレ以上に大変そうだ。

吸い寄せられるように書斎へ近づくと、中からキーボードを叩く音とペンを走らせる音、そして、ときどき重い溜息を吐くのが聞こえた。

「先生」

襖を軽くノックして中へ声をかける。

「こんな時間にどうした。しっかり睡眠をとっておかないと、明日のトレーニングに差し支えるぞ」

中から聞こえた不機嫌な声に苦笑しつつ、オレはそっと襖を開けた。

「分かってるんですけど、いろいろ考えてたら眠れなくって……」

先生はオレには見向きもせず、分厚い革の表紙の本とノートパソコンの画面を交互に睨みつけている。

先生の書斎に足を踏み入れるのは、ケルベロスたちが悪戯をした日以来だった。

見れば、机のまわりはそれなりに片付いているけれど、畳の上にはグシャグシャになった書類がいまだに散乱していて、あちこちに本が積み上げられている。

多分、毎日忙しくて、片付けが中途半端になっているんだろう。

「先生」

オレは破れた書類を一枚拾い上げると、机に向かう先生の背中に呼びかけた。

返事は、当然のようにない。

けどオレは構わずに続けた。

「先生、片付けをさせてもらってもいいですか？」

すると、先生がペンを持つ手を止め、ゆっくりと顔を上げた。

「寝ろと言ったはずだ」

先生が眉間に皺を寄せて睨んでくるけど、不思議と怖くなかった。

「こんな状態見せられたら、黙ってられないです。それに、マスターとしてケルベロスの不始末の責任をとらなきゃ」

先生の灰赤色の目をまっすぐに見て告げる。

すると、先生は数秒考えてから、仕方ないというふうに顎をしゃくった。

「分かった。では、奥の片付けを頼めるか。書類はまだ分類が終わっていないから、下手に触られると困る」

ぶっきらぼうに言って、先生はすぐに作業を再開した。
「分かりました」
短く答え、そのまま向かった奥の部屋は、さらにひどい状態だった。多分、あの日から
まったく手をつけていないんじゃないだろうか。
「とりあえず、ワレモノを片付けるか」
コーナーキャビネットに近づくと、あの赤い花が描かれたティーカップの残骸が目に
入った。
あの日から、ごくふつうの白いティーカップがダイニングテーブルに上がっている。
同じ茶葉を使っているだろうに、紅茶の味が変わったような気がするのは、オレの思い
込みかな。
大切にしまっていたティーカップを、先生はオレのために出してくれたんだと思う。
何も言わないけれど、きっと、気に入っていたんじゃないだろうか。
割れてしまった陶器を一つずつ拾いながら、もっと早くにケルベロスをちゃんと従える
ことができていたら……なんて思ってしまう。
そして、割れずに残ったティーポットの蓋を手にしたとき――。
「……あ、そういえば――」
オレはふと、ジョギングの途中で見かけたある情景を思い出したのだった。

翌日、午後のトレーニングが終わると、ケルベロスたちは勝手に人形になってオレにじゃれついてきた。近頃、ケルベロスたちは子犬の姿より人形になって、オレと一緒に人間の生活を送るのを気に入っている。

先生が言うには、四六時中一緒にいて、オレを独り占めしたい気持ちの表れらしい。

「りょーへー。ふろ、はいろう！」

「おふろ、きもちくてちゅきでちゅ」

「マスターの背中、流して差し上げますね」

「分かったけど、またボディーソープをバスタブに入れたりとかするなよ」

風呂に一緒に入るのも、信頼関係をより強くするいい機会だった。裸の付き合いとは、よく言ったものだなぁなんて感心する。

そうして風呂から上がって部屋へ戻ると、ケルベロスたちは揃って大きな欠伸《あくび》をした。

連日のトレーニングで疲れているのは、オレだけじゃないんだろう。

ケルベロスたちは眠そうな顔でオレのベッドへ上がると、身を寄せ合ってすぐに寝息を立て始めた。

六月頭ともなれば湿度も気温も高い。そのため、ケルベロスのトレーニングは悪魔や亡者の活動が鈍る日中に限って、土蔵ではなく母屋の山側にある中庭でするようになっていた。

『わんこの飼い方・躾け方』を参考にした基本的な躾は終わって、数日前からアジリティーと呼ばれる競技のトレーニングを始めていた。アジリティーは犬と人がペアになって行う障害物競走だ。人と犬との意思伝達の力が必要とされるため、マスターとしてのトレーニングに取り入れたのだ。

人も一緒に走るので体力的にキツいんだけど、ずっと続けてきたジョギングのお陰でなんとかこなせている。

「ジョギングなんて……って馬鹿にしてたけど、ちゃんと意味があったんだな」

ケルベロスたちの寝顔を見つめ、小さく呟いた。

「てか、球に戻せばよかったのか」

ハッとして、自嘲の溜息を吐く。

実は午後のトレーニングが終わったら、買い物に出かけようと思っていたのだ。

「でも、せっかく気持ちよさそうに寝てるし……」

もしかしたら、球体に戻った方が身体が休まるのかもしれないけど、確かめたことがないから分からない。

「それに、また具現化するとなったら……」

ボソッと独りごちて、溜息を吐く。

先生に身体を愛撫されないといけない——と思うと、気が重くなった。

「すぐ、近くだし……大丈夫だよね」

西の空がうっすらオレンジがかってきているけど、まだまだ明るい。

先生には、何があってもケルベロスの球を持って出かけろと言われていたけど、目当ての店まで行って帰ってくるのに多分、十分もかからない。

先生はここ数日、食事とおやつの時間、そしてケルベロスを具現化するとき以外、書斎に篭りがちだ。もちろん、大学にも行って講義をこなしている。

「ちょっとそこまでだから、声かけていくほどじゃないか」

ジョギングに出かけるときも、先生に声をかけないで行くことがあった。

オレは急いで下だけジーンズに着替えて財布を尻ポケットに突っ込むと、目的の店まで一目散に駆け出した。

「ハアッ、ハァッ……。よかった、まだあった!」

先生の家から走って五分もかからない場所にある、小さな骨董品屋のショーケースを覗き込み、ホッと溜息を吐く。

実は数日前、このショーケースの中にとてもきれいなアンティークのティーカップが二客飾られているのに、ジョギングコースの小川に向かう途中で気づいたのだ。

価値は分からないけど、割れてしまった先生の物とよく似た、赤い花が描かれたティーカップには、それなりの値段がつけられていた。

「うわ、結構するな」

通りがかりにちらっと見ただけで、値段をちゃんと見るのは今日がはじめてだった。けど、買えない値段じゃない。

同じ物じゃなければ意味がないのかもしれないけど、先生と一緒にスイーツを食べながらこのティーカップで紅茶を飲んだら、きっととても美味しいだろう。

「先生も、少しは喜んでくれるかもしれないし」

オレは意を決してティーカップを購入し、再び先生の家まで走って戻った。

「それにしても、ほんと、最近増えたよなぁ」

茜色に染まる空を見上げると、黒い小さな影がいくつも空を舞っていた。

日が沈む頃になると、たくさんのコウモリが空を飛び交うのが、すっかり日常の風景となっている。

昔から日本にいるって聞いても、これだけ増えるとやっぱり冥府の門と関係あるのかなって思わずにいられない。

「だからって、今のオレが何かできるわけじゃないしなぁ」

とにかく今は、魔力を高め、ケルベロスを成犬の姿で具現化できるようになることだけに集中しよう。

帰宅すると、家の門前に黒い人影を認めた。

弾んだ息を整えながら近づくと、黒尽くめの男がゆっくりとオレの方を向いた。

「……あ」

オレを見て小さく声をあげ、ニヤッと笑う。

なんだ、コイツ？

感じの悪さにムッとしつつ、「何かご用ですか？」と訊ねた。

男は二十代半ばぐらいだろうか。この季節に黒のライダースジャケットと細身のレザーパンツを穿いている。短い黒髪をワックスで立たせた姿は、ビジュアル系ロックバンドのメンバーといった感じだ。青白い顔は不健康そうだけれど、怖いくらい整っている。

けれどオレは、男の笑顔に激しい嫌悪感を抱かずにいられなかった。

「ここに住んでる奴に、用があったんだけどさ」

男は両手をジャケットのポケットに突っ込むと、ニヤニヤと気味の悪い笑みを浮かべた。

どことなくチャラくて、軽薄そうな雰囲気を漂わせる男に、オレは警戒心を強くする。

「中に入ろうにも、これ以上近づけなくて……。ん？　お前、ちょっと犬臭いな」

「どういう、意味だよ」

訝《いぶか》しみながら答えると、男はいきなり顔を近づけてきた。

「ああ、お前がそうか。へぇ……」

言って、上目遣いにオレを見つめ、白い歯を見せる。

そのとき、男の歯に鋭く尖った犬歯を見つけ、ハッとなった。

コイツ、人じゃない。

本能的に察して、ジーンズのポケットに手を突っ込んだ瞬間、ぎょっとする。

――くそっ。ケルベロス、部屋に置いてきたんだった。

男は緊張に身を硬くするオレのまわりをゆっくり回って、ジロジロと舐めるように観察する。いったい、この男は何者なんだろう。

すごく嫌な空気がオレたちを包み込み、肌がピリピリして落ち着かない。

「ん？　何、大事そうに抱えてんの？」

そのとき、男がにたりと笑ったかと思うと、目にもとまらぬ動きで、オレの手から買ったばかりのティーカップが入った紙袋を奪い取った。

「何するんだ！　返せよ」

慌てて取り返そうと腕を伸ばす。

すると、男は欠片の迷いもなく、紙袋を地面に叩きつけた。

耳障りな音が、鼓膜を震わせる。

紙袋の中を見なくても、ティーカップが粉々に割れてしまったことは明らかだった。

「そんなに大事な物なら、塀の中にしまっときゃよかったんだ」

言いながら、男が尖った靴の爪先で紙袋を蹴る。

「……ゆるさ、ない」

今まで感じたことのない強大な怒りが込み上げる。

「なんてこと、してくれたんだ！」

先生を喜ばせようと思っていたのに――。

頭に血が上って、声が震えた。

喧嘩なんか一度もしたことがないのに、腕を伸ばして男に摑みかかろうとする。

そのとき、長屋門の潜り戸から、ケルベロスたちが飛び出してきた。

「りょーへー、どうしたんだ！」

「まちゅたー！」

「すごく嫌な臭いがプンプンします」

ケルベロスたちはオレの足許に駆け寄ると、キッと黒尽くめの男を睨みつけた。

途端に、男が顔色を変える。

「な、なんだ……コイツら。妙なガキだな」

けれどその表情には、まだどこか余裕が感じられた。

「こいつ、多分……敵だ」

オレは怒りに声を震わせ、ケルベロスに告げた。額の痣がジンジンと疼いて、胃がムカムカする。目の前の男に対する怒りと敵対心で、身体が熱い。

そうして、オレは、まるでそうすることが当然のように、低く、抑揚のない声でケルベロスに命じていた。

「……追い払え」

次の瞬間、ケルベロスは人形から子犬の姿に変化するなり、低く唸り声をあげて男に飛びかかった。

「クソッ！　やっぱり犬がいるんじゃねぇか！」

男が途端に青白い顔を恐怖に引き攣らせたかと思うと、その身体がふわりと宙に浮いた。

男の背に、大きくて真っ黒なコウモリの翼が生えている。

「な、なんだよ、それ……っ」

オレは思わず目を剝いた。

驚きに目を見開く足許で、ケルベロスがしきりと吠え立てた。

アン！　アンアンッ！

「今日のところは退散するが、近いうちにきっとまた、お前に会いに来るからな」

黒尽くめの男がそう言うと、アスファルトに落ちた男の影から無数のコウモリが湧き出した。そして、一瞬で男を包み込むと、そのまま一気に空へ舞い上がり、夕闇の中へ溶け込むように消えていった。

「……な、に？」

想像を絶する光景に、オレは茫然として立ち尽くす。

しかし、キュンキュンと鼻を鳴らすケルベロスに気づいて、すぐに抱き上げてやった。

突然現れた怪しい男に気をとられていたけど、今はじめて、ケルベロスはオレの命令で人形から子犬の姿への変化に成功したのだ。

「ありがとう！　お前のお陰で助かったよ」

ケルベロスを抱き締め、三つの頭それぞれに頰擦りをする。ほんの少し前まで触れるのも怖かったのに、今はかわいくて頼りになる相棒だ。

「こんなところで何をしている」

ケルベロスに顔を舐められていると、不意に背後から呼びかけられた。

「せっ……先生っ！」

異変に気づいたのか、黒葛原先生が仁王立ちしてオレを睨みつける。

オレは慌てて先生に駆け寄ると、今あった出来事を伝えた。

「……それで、コウモリになって空に飛んでったんです」

先生は眉間の皺を少し深くしただけで、ほとんど表情を変えずに話を聞いていた。

「先生、アイツは何者なんですか？　もしかして、冥府の……」

「そんなことより、どうしてケルベロスを連れずに勝手に出かけたりしたんだ！　家の前だったからよかったものの、ケルベロスが気づかなかったらどうなっていたと思う！」

頭ごなしに怒鳴りつけられ、自分が悪いと分かっていても、つい、言い返してしまう。

「それは、反省しています。でも、お陰でケルベロスを人形から子犬に変化させることができたし……」

ティーカップを買いに出かけたとは、言えなかった。

「偶然の産物を自分の手柄のように言うな。もし、お前の身に何かあったらどうするつもりだ！　お前の身体はお前一人の物ではないんだぞ！」

先生は一気に捲し立てると、オレの手を引いて門をくぐった。

「だいたい、お前を守るために結界を張っているんだ。未熟なくせに得体の知れない者の相手などせず、門の中へ逃げ込めばよかったのだ。馬鹿者！」

黒尽くめの男が口にした「中に入ろうにも、これ以上近づけなくて……」という台詞を思い出す。

今まで存在を意識したことはなかったけれど、先生の結界がちゃんと機能していることをはじめて思い知った。

「とにかく、もう二度と一人で外に出るな！　分かったな！」

母屋の玄関まで来ると、先生はオレの手を放して先に中へ入っていった。

「……そこまで怒らなくても、いいだろ」

ケルベロスを抱いたまま、ぽつりと愚痴る。

割れたティーカップ、片付けなきゃ。

先生に見せることもできなかった……思い切った買い物だったのに。

鼻の奥がツンとなって、目に涙が浮かぶ。

その涙を、ケルベロスたちが三つの舌で優しく拭ってくれた。

「慰めてくれてんの？　ありがとな」

ケルベロスの優しさが、胸に染みる。

『お前の身に何かあったらどうするつもりだ！　お前の身体はお前一人の物ではないんだぞ！』

先生に突きつけられた言葉を思い出すと、涙が止まらない。

「結局、先生にとって大事なのは、オレじゃなくてケルベロスマスターなんだよな」

最初から、分かっていたつもりだった。

なのにいつの間にか、オレ自身のことを見てくれているって勘違いしてしまった。

「……駄目だな。オレ」

それでも、思ってしまう。

願ってしまう。

「先生、きっと呆れただろうなぁ」

嫌われたくない。

せめて、嫌われないよう、頑張ろう。

けっしてオレと同じように、思ってはくれなくても……。

「頑張るしかないよなぁ……」

自分に言い聞かせるように言って、ケルベロスと一緒に離れへ向かった。

そしてその後、突然現れた怪しい男のことに、先生は二度と触れようとしなかった。

コウモリに変化した怪しい男のことや、ひどく焦った先生の態度にプレッシャーを感じつつ、オレはケルベロスマスターとしての力をつける訓練を毎日続けた。

そんな中、テレビやネットでは、世界中で頻発する原因不明の災害や、大規模事故などのニュースが連日報道されていた。

「冥府の門の隙間が広がり、悪魔や亡者が人間界に流れ出してきている証拠だ」

ノートパソコンの画面に映し出された災害現場の様子を見つめ、先生が重苦しい表情で呟く。

「ローズムーンの夜までに門が閉じられなかった場合、地上で起こる事故や災害は、こんなものでは済まない」

冥府の門番が途絶えたことで人間界に及ぶ被害の一端を目の当たりにして、オレは何も言えなかった。

自分の肩にかかる責任の大きさに、今さらながら気づかされたからだ。

ローズムーンまで、残すところ十日ばかり。

怪しい男が現れた頃から、黒葛原先生にも焦りの色がはっきりと見えるようになった。

アイツが何者なのか、先生はオレに教えてはくれない。

けど、先生の焦りの理由の一つがあのコウモリ男だってことはオレにも分かる。

そして、もう一つの理由が、オレにあることも……。

先日の一件以来、オレの命令でケルベロスは幼児から子犬に思うまま変化できるようになっていた。多分、あの日ようやく、本当の意味で信頼関係が出来上がったんだと思う。

けれど、オレは依然としてケルベロスを成犬では具現化できないままだった。

先生が焦る一番の理由は、そのことに違いない。

怪しい男が現れた数日後、まるでオレの予想を証明するかのように、朝食を終えるタイミングで先生がいきなりトレーニングの内容を変更すると言ってきた。

「いいか、凌平。一日も早くケルベロスを成犬の姿で具現化できるよう、今日からはお前の魔力をさらに高め、発現させるトレーニングをメインに行う」

――やっぱり、思ったとおりだ。

口には出さず、けれど不安を隠せないまま訊ねる。

「分かりました。でも、どういったトレーニングをするんですか？」

悶々とした悩みはあっても食欲だけは旺盛で、今朝も先生が作ってくれたフルーツサンドイッチをペロリと平らげていた。せめて体力だけはきっちりつけておかないと、これ以上先生をガッカリさせたくないという想いが胸にある。

「今までどおり性欲も高めつつ、また別の……もっと大きな欲望を抱く――。それしかない」

先生は空いた皿を片付けながらぶっきらぼうに答える。

「今日からトレーニングは土蔵ではなくお前の部屋で行う。片付けたら顔を出すから、先に戻っていろ」

聞けば先生は、今日から大学を休む手配をしたという。

もう本当に、余裕がないということだ。

「あの、ケルベロスは……？」

「しばらくは具現化させる必要はない。魔力を高めるためにも、今後数日、射精は我慢しろ」

「え――？」

首を傾げるオレに、先生が淡々と告げる。

「何度も言うが、射精はするなよ」

「は、はい」

土蔵のパイプベッドと違って、自分の部屋で、自分がふだん寝ているベッドに全裸で横たわり、先生に覆い被さってこられると、いつも以上に緊張してしまう。

先生がいつもと変わらずベストとワイシャツを着ているのが、余計に羞恥心を煽った。

「吐き出したい欲求を抑え込み、内なる力として溜め込むイメージを持て」

簡単に言ってくれるけど、先生に触られたらきっと、そんなことをイメージしている余裕なんてなくなるのが目に見えていた。

けれど「できません」なんて言えるはずがない。

「大丈夫だ。お前はただ、快感を味わっていればいい」

そう言うと、先生は今までになく丁寧で、怖いくらい執拗な愛撫をオレの身体に施し始めた。

「あっ……」

大きな掌が脇腹を撫でただけなのに、思わず声が漏れる。

「すっかり快楽に素直な身体になったな」

先生は脇腹や腰、太腿を撫でながら、オレの耳許に意地悪く囁いた。

「恥ずかし……ぃこと、言わないで……ください」

押し寄せる羞恥に耐え切れず、オレはギュッと目を閉じた。

「煽られると興奮するくせに、何を言う。その証拠に、たったこれだけでペニスが勃起しているではないか」

言いながら、先生はいきなりオレの左耳を舐めた。

「ひゃあっ!」

熱くヌルッとした感触に背筋が震え、腰が跳ねる。

「まったく、お前はどこもかしこも感じるようだな」

耳を舐められるのと同時に直接声を注ぎ込まれると、腰の奥がザワザワと震え、一気に性器が張り詰める。

「乳首もすっかり、弄られることに慣れて……」

続けて、乳首をピンと弾かれた。

「や、もうっ……黙って……ください っ」

「言葉で辱《はずかし》めを与えられると、より興奮して身体を熱くするくせに……素直ではないな」

乳首をキリキリと摘んで捻りながら、先生は耳の穴へ舌先を捩じ込んだ。

「ああああっ！　や、あ、あっ……」

圧倒的な快感に身を捩り、先生の腕に縋ってしまう。

「なんだ、尻も弄ってほしいのか」

「え、ちが……っ」

否定する間もなく、尻にヌルッとしたモノが触れた。谷間をぬるぬると行き来するソレは先生の尻尾だ。

「はぁっ……んっ」

熱っぽい息を吐くと、オレは無意識に腰を揺すっていた。身体はもう、先生の尻尾が与えてくれる快感を覚えていて、期待に肌が震える。

「自分から尻を擦りつけてくるとは……貪欲なことだ」

先生がぼそりと感嘆の声を漏らす。

「そんなに欲しいなら、くれてやろう」

胸を弄り、耳の裏をべろりと舐め上げると、先生は片手でオレの尻朶《しりたぶ》を摑んだ。そして、谷間を割り開くようにしたかと思うと、いきなり尻尾の先端を窄まりに突き入れた。

「ンアア――――ッ！」

不思議なことに、痛みは微塵も感じない。

目の奥がチカチカとして、下腹がビクビクと震える。

乱暴で性急な挿入にもかかわらず、オレは言葉で言い表せないような快感だけを味わっていた。

「……イッちゃ……」

ぶるっと全身が戦慄《わなな》き、性器が跳ねる。

熱い何かが込み上げて、出口を求めて膨れ上がる。

射精を予感して、奥歯を噛み締めたとき、先生がむんずと性器の根元を摑んだ。

「駄目だ、堪えろ」

「ぅう……。いやぁ……」

奔流を塞き止められ、オレはイヤイヤと首を振った。

先生はオレに添い寝をするような体勢で抱き締めてくれながら、性器の根元をしっかと押さえ、そして、尻尾で容赦なく尻を穿《うが》つ。

「あぁっ……はぁ、やめっ……イけ……ないの……やだ……っ」

「射精は我慢しろ。だが、気を遣るのは構わない。分かるか？」

快感に噎《むせ》び泣くオレに、先生は淡々と告げる。

「いわゆるドライオーガズムで達することができれば、射精欲が満たされず、強い欲望となって体内に蓄積される」

「そ、んなの……分かん、ないよ……」

イきたくて堪らない。

津波のように、後から後から快感が押し寄せるのに、射精できないなんて拷問だ。

「大丈夫だ。今の感覚を身体で覚えろ。ほら、お前の好きな中を擦ってやる」

先生はオレの額の痣を指でそっと摩りながら、尻尾を腹の奥にまで突き入れた。そして、オレが感じるところばかりを責め立てる。

「やっ……あ、あぁっ……んあっ！　せ、んせ……イきた……あ、んあぁ……」

涙が勝手に溢れて、甘えるような声が止まらない。

もどかしさに薄く目を開くと、先生がオレの表情を覗き込んでいた。

その目が、真っ赤な夕陽の色に染まっている。

――先生も、興奮してる……？

ふと、そんなことを思ったとき、二度目の絶頂感が込み上げてきた。

「んあぁっ！　や、また……クる……！」

額がジクジクと疼いて、お尻の……尾てい骨のあたりがむず痒い。今にもそこから何かが突き出てきそうな錯覚を抱く。

「ああ、もっと快楽に身を任せろ。それだけ、お前の魔力は……強大になる」

甘く掠れた先生の声を聞きながら、オレは射精をともなわない絶頂に至ったのだった。

けれどその絶頂は、「イッた」という達成感みたいなものがなくて、オレは遣り場のないもどかしさを覚えるようになっていた。

ティーカップの底に融け残った砂糖みたいに、身体の中にドロリとして甘く、重い何かが居座っているような気持ち悪い感覚だ。

「凌平、大丈夫か？」

軽く身体を揺さぶられ、意識を手繰り寄せる。

「せ、んせ？」

薄く目を開くと、先生が丁寧に身体を拭ってくれていた。

射精を我慢して魔力を高めるトレーニングを始めてから、先生は今までに増して甲斐甲斐しく事後の面倒を見てくれる。

「額の痣が濃くなって、少し瘤《こぶ》のようになってきている。この調子で続ければ、ローズムーンに間に合うかもしれない」

身体を拭い終えると、先生は下ろし立てのパジャマを着せてくれた。

「そっか。なら、よかった……」

絶頂の余韻を引き摺ったままのオレは、身体の中から劣情の火が消えないもどかしさに熱い息を吐く。なんとか笑ってみせるけど、先生の目には物欲しそうな顔に映っているに違いなかった。

こうして、淫靡で、そして切ない、めくるめく快楽に溺れる日々が始まった。

より魔力を高めるトレーニングが始まってから、オレは毎日射精することばかり考えるようになっていた。

「ほら、頑張った褒美だ」

着替えが終わると、先生はベッドの端に腰かけ、オレの身体を引き寄せた。そして、くたりとなったオレを胸にもたれさせ、白い陶器を手にする。

「今日の褒美はマカロンだ。ほら、口を開けろ」

凄絶な快感を休む間もなく与えられ、自分で手を動かすのも億劫なオレに、先生は手ずから淡いピンクのマカロンを食べさせてくれる。

「どうだ、美味いか？」

フランボワーズの酸味と甘みが口いっぱいに広がって、オレは思わず小さく唸った。

「うう〜！　美味しいです！」

立て続けのドライオーガズムに疲弊した身体に、お菓子の甘さが染み渡る。

満たされない射精欲のかわりに、スイーツへの欲求を満たすことで、オレはどうにか理性を保っていられた。

それだけ、毎日繰り返し、毒のような快感を与え続けられているのだ。お陰で日にちの感覚も曖昧で、ローズムーンまであと何日かも分からなかった。

「先生」

マカロンを三つ、立て続けに食べたところで、オレは思い詰めた表情で先生を見つめた。

「なんだ？」

少しずつ平静を取り戻したオレは、先生に寄りかかっていた身体を起こして向き直る。

「ローズムーンまで、あと何日ですか？」

先生が一瞬ハッとして、ふいっと目をそらす。

「教えてください」

強く促すと、先生は渋々答えてくれた。

「明日が、ローズムーン……運命の夜だ」

先生の言葉に、絶句する。いつの間にかそんなに日が経っていたなんて──。

もう、猶予の欠片もないことを知って、胸に不安が一気に広がった。

「心配することはない。お前の魔力は確実に高まっている」

「でも、先生。もう一日しかないのに──」

先生はオレの頭をクシャクシャッと掻き乱すと、黙れとでもいうようにマカロンを口に押し込んだ。

「大丈夫だ。俺はお前を信じている。だから、お前も俺と……ケルベロスを信じろ」

その手で優しく髪や額の膨らみに触れられると、鎮まりかけた劣情が再び呼び起こされてしまう。

「今日はもうゆっくり休め。夕飯の支度ができたら呼びに来る」

言いながら、また一つ、マカロンを食べさせてくれる。

先生の指先が唇に触れるたび、オレの身体は淫らな期待にうち震えた。

「明日の夕刻、冥府へ向かう直前まで欲を溜め込んでおきたい。身体が疼いても自慰で射精などするんじゃないぞ」

そう言うと、先生はマカロンの器をオレの膝に置いて、静かに部屋を出ていった。

ベッドに一人ぽつんと座って、色とりどりのマカロンを見つめる。

「はあ……っ」

漏れ出る溜息に、抑え切れない情欲が滲んだ。

毎日、先生の手でこれでもかと快感を与えられ、射精できないもどかしさが募るばかり。

甘い物を食べれば少しはほっとするけれど、正直、もう許容量を超えているような気がする。

「思いきり……イきたい」

ぽつりと独りごち、淡いグリーンのマカロンを口に入れた。爽やかなミントの香りが鼻から抜けて、淫らな欲をほんの一瞬忘れさせてくれる。

「そういえば、こんなに長いことケルベロスに会わないの、はじめてだな」

ケルベロスの球は出かけるとき以外、ベルベットの巾着袋に入れて枕の下に隠してある。

オレはそっと枕の下から巾着袋を引っ張り出すと、掌に黒い球体をとり出した。

「なあ、なんで成犬になってくれないんだよ」

問いかけたところで、答えが返ってくるわけもなく、ただ虚しさが胸に広がる。

劣情の火種はいつまでも消えることがなく、腹の奥で燻ったままだ。

その夜、オレは夕飯を断らなければならないほど、激しい性衝動——射精欲に悩まされることになった。ただベッドに転がっているだけで、全身が焼けるように熱く昂り、股間がはち切れんばかりに硬くなって鎮まる気配がない。

「ハッ……ハァ、どうしよ……う」

先生に助けを求めても、高められるばかりで射精させてもらえないと分かり切っている。

そうして、先生のことを思い浮かべるだけで、オレの身体は浅ましく反応した。

「先生……が、ほしい……」

今まで胸の奥に押し込めていた欲望が、ぽろりと零れ落ちた。

無意識のうちに、右手がパジャマのズボンの中へ滑り込む。左手は、先生の指先の動きを真似て、乳首を摘んでいた。

「んっ……あ、はぁっ……あ、せ、んせ……っ」

いつも先生に射精を手伝ってもらっていたから、自分の手だけじゃどうにも物足りない。

「ふ、ううっ……。イき……たいのに、なんで……っ」

射精したい。

絶頂とともに、言葉に尽くせない解放感を味わいたい。

何度も性器を扱いて、最後の一滴までを絞り出し、腰に重くのしかかる倦怠感を実感したい。

「あっ、うぅ……っ。ふ、あ、あ……イけ……そぉ」

先走りで濡らした指先で乳首を撫でると、ビリビリとした快感が背筋を駆け抜けた。腰がカクカクと震え、右手で握った性器がぶわりと膨張する。

『身体が疼いても自慰で射精などするんじゃないぞ』

射精への強い衝動に駆られ、先生の注意なんかすっかり頭から抜け落ちてしまっていた。

「イく……っ。あ、あ、せん……せい、出る――」

込み上げる絶頂の予感に唇を噛み締める。

そのとき、ベッドの真横の窓が突然、激しい音を立てて割れたかと思うと、真っ黒な煙のような塊が一気に部屋になだれ込んできた。

「うわぁ――ッ！」

割れたガラスの破片が身に降り注ぎ、腕や顔に鋭い痛みが走る。

直後、耳障りな音に気づいて、煙に覆われた部屋に目を凝らした。

チィチィッ、チチチチッ……。

煙の塊だと思ったものは、コウモリだった。信じられないほど多数のコウモリが、オレの部屋を埋め尽くしていたのだ。

「な、んで……」

信じられない光景に戸惑い、茫然とする。

すると突然、部屋に軽薄そうな声が響き渡った。

かと思うと、真っ黒だった視界が一瞬で晴れ、目の前に黒尽くめの痩身《そうしん》の男が現れる。

床から五十センチほど宙に浮いて、可笑しそうにオレを見下ろしていた。

「お前、あのときの……っ」

青白い顔に気味の悪い笑みをたたえた男は、数日前、先生の家の門前に立っていた男だ。

ただ、数日前とはその容姿は明らかに違っていた。

男の額からは短い鬼のような角が生え、背中のコウモリの翼はより大きくなっている。

そして男の背後では、長くて細い蛇のような尾がゆらゆらと揺れていた。

「悪魔……だ」

生まれてはじめて目にする、正真正銘、悪魔の姿に、唖然としてそれ以上の言葉が出てこない。映画とかアニメ、絵画に描かれた悪魔のイメージと似ているけれど、全身から滲み出す禍々しさは言葉ではとても言い表せるものじゃなかった。

「悪魔なんてひとまとめにしないでくれるかなぁ。俺にはゴルゴスって名前があるンだ」

男――ゴルゴスの周囲にはまるで黒煙のようにコウモリが密集して飛んでいた。

「け、結界が……張ってあるはずなのに、どうやって……」

目を見開くオレに、ゴルゴスが翼を大きくはためかせながら近づいてくる。

「お前、ハデスの末裔のくせにそんなことも分からないのか？　ローズムーンを明日に控え、魔力が強くなったのさ。あんな子ども騙しの結界なんて、今の俺にはなんの意味もない」

ゴルゴスがニヤリと笑い、ゆうらりとベッドへ近づく。

オレはゴクリと喉を鳴らすと、すぐに動けるよう全神経を集中させた。

「お前を殺せば、ハデスの血は途絶える。そうなれば、あの忌わしい犬っころは、液体となって瓶の中に戻され、永久に甦ることはないだろ？　冥府の門も開いたまんまだ」

「ど……ういう、意味だっ」

恐怖で声が震える。

けれど、ここで怯んだら、それこそ先生に嫌われると思い、なんとかゴルゴスと名乗った悪魔の真意を聞き出そうとした。

「そうすりゃ大手を振って、仲間を冥府から解き放ち人間界を俺たちのモノにできる」

冥府から逃げ出した悪魔たちの狙いは、以前、先生が教えてくれたとおりだったのだ。

「……そ、そんなこと、ほんとにできると思ったら大間違いだからなっ！」

反射的に言い返した瞬間、目の前を突風が吹き抜けた。

「うわっ！」

咄嗟に目を瞑って顔を腕で覆う。

直後、右腕に凄まじい痛みが走った。

「い、た……っ」

見れば、右腕を肘から手首のあたりまでザックリと切られている。皮膚が裂け、赤い血がボトボトとシーツに滴るのを見て、オレはようやく命の危険を察した。

「ケルベロスがいなきゃ、お前なんか出来損ないの悪魔でしかない。そうやって強気でいられるのも、時間の問題だと思うぜ」

「くそぉ……っ」

悔しいけれど、ゴルゴスの言うとおりだった。

「じゃ、いろいろ教えてやったし、そろそろ死んでもらおうか」

ゴルゴスが一際醜い笑みを浮かべたとき、地の底から響くような、低く野太い遠吠えが部屋を揺るがすように響いた。

オオォーン。

夜の少し湿った空気を震わせる遠吠えに、ゴルゴスの様子があからさまにおかしくなる。

「……なんだ、この遠吠え。まさか、ケルベロスが……っ？」

コウモリたちが騒ぎ立て、割れた窓から次々に外へ飛び出していく。

「ケルベロス？　本当にお前たちなのか？」

ベッドの上に転がしたままだった黒い球体を捜し、視線をあちこち彷徨わせた。

そのとき、オレの目の前を黒い獣が駆け抜けた。

え……と思ったときには、黒くて大きな犬が、ゴルゴスを取り囲むコウモリたちに襲いかかっていた。

「ケルベロスッ……！」

勇猛な三頭の魔犬は、どう見ても子犬じゃない。漆黒の体躯はオレが知るシェパードより大きく、見るからに筋骨隆々として逞しい。

いったい、何故、具現化できたのか、いつの間に成犬になったのか、オレにはまるで分からない。

『マスターは下がっていてください』

不意に、頭の中にアウリムの声が響いた。

「え？　ど、どうなってんの？」

混乱するオレをよそに、ケルベロスはコウモリを蹴散らし、塵《ちり》へと化していく。

『マスターが怪我して流れた血が、ぼくたちを呼び覚ましたんだよ』

聞き慣れたたどたどしさは残っていなかったけど、その声がジルヴァラだと何故かすぐに分かった。

『性的欲望が高まった状態のマスターの血を浴びたから、本当の姿になれたってワケさ』

ネロが一塊になっていたコウモリを噛み砕き、自慢げに教えてくれる。

「つまり、自慰で魔力が限界近くまで高まっていたってこと……？」

そんなことがあるのかと驚くオレの目の前で、三つの頭はそれぞれの鋭い牙で、次から次に襲い来るコウモリを塵へと化していく。

しかし、コウモリの数が多過ぎて、すぐに防戦一方となってしまった。

精液じゃなくて血による具現化だったせいか、ケルベロスはときどき成犬の姿を保てずに、一瞬、子犬になったりする。オレが念を送ればまたすぐに成犬に戻るけど、子犬のときよりも俊敏さに欠けるように見えた。

多分、今回はじめて成犬の姿で具現化したせいで、不安定な状態なんだろう。なんとか力を送ろうと思うけれど、腕の傷が思ったより深いのか、痛みに邪魔されて集中できなかった。

その間も、ケルベロスはフラフラになりながら、コウモリを蹴散らそうと頑張っている。

「くそっ、ケルベロスがあんなに頑張ってるのに、なんで……っ」

なんの役にも立てない自分がもどかしくて項垂れるしかできない。

「なんだ。ケルベロスマスターのくせに、こんな弱い力しかないとは、笑っちゃうよなぁ」

それまで天井付近に浮かんで傍観を決め込んでいたゴルゴスが、肩と大きな翼を揺らして笑い声をあげる。

直後――。

「我が結界を破り、土足で踏み込んだ不届き者が何をしている！」

突然、地震でも来たのかというくらい部屋が大きく揺れたかと思うと、どこからともなく大きな鳥が舞い下りてきた。

「ハデスの血を引く者に逆らうとは、よほど、塵となって消えたいらしい」

低く腹に響く声に、オレはハッとなって顔を上げた。

「黒……葛原せん……せ？」

一瞬、鳥かと勘違いした、その姿に目を瞠る。

煉瓦色の髪が炎のように闇の中で逆立っていた。漆黒のスーツに身を包み、背中には大鷲の羽根のような立派な黒い翼があった。燃え盛る髪の間から螺旋状《らせんじょう》にまっすぐ伸びた大きな角が二本生えている。そして、灰赤色の瞳が、髪の色と同じように赤く爛々と輝いていた。

これが、先生の本当の姿なんだろうか。

「なん、て……きれいなんだろ……」

茫然とするオレを翼に隠すようにしてベッドの前に降り立つと、先生はゴルゴスに向かって叫んだ。

「ケルベロスの牙でなくとも、お前のような下等なクズを蹴散らすことぐらいは、俺にも充分できる」

先生が大きな黒い翼で風を起こすと、部屋を埋め尽くしていたコウモリの半分が一瞬で消え去った。

すかさずケルベロスが先生の前に立ち、ゴルゴスに向かって低く唸り、牙を剝く。

「クソッ……もう少しだったのによ！」

ゴルゴスは忌々しそうに吐き捨てると、残ったコウモリたちを呼び寄せて自分の身体を覆い隠した。

「だが、ケルベロスマスターの魔力がその程度では、冥府の門を閉じることなんてできやしないぜ。どっちにしろローズムーンの夜には、この世界は……俺たちのモノに――」

チチチ……というコウモリの鳴き声に交じって、ゴルゴスの捨て台詞が闇に響く。

やがて黒い一団となったコウモリはゴルゴスを呑み込むと、飛び込んできた窓から夜空へと消えていった。

残ったのは、いつもと変わらない離れのオレの部屋だ。割れたはずの窓も元どおりになっている。

「凌平っ！」

静寂の訪れとともに、先生がオレを大きな翼と逞しい腕で抱き締める。

「――あ」

我に返った途端、カタカタと全身が震え出した。

「怪我はないか？」

先生が心配そうな顔でオレの表情を覗き込む。

その横で、ケルベロスがしきりに鼻を鳴らしていた。

「だ、いじょ……ぶ、です」

歯の根が合わなくて、声がみっともなく震える。

「奴……ゴルゴスが現れてから、お前の身に危険が及ぶことは充分考えられた。何があっても一人にすべきでなかったのに、焦るあまり、ついキツくあたってしまいそうで、そばにいるのを避けてしまったのだ」

先生がそんなふうに考えていたなんて、オレは全然知らなかった。

「間に合って、よかった……」

オレの顔を胸に強く押しつけ、先生は何度も背中や頭を撫でてくれる。

ああ、この感じ……なんか、すごく久し振りな気がする。

先生……こんなときでも、やっぱりスーツなんだ。

ホッとすると同時に、涙がじわりと滲んできた。

「助けてくれて、ありがとうございます……」

「礼ならケルベロスに言うんだな。まさかこの状況で本来の姿で具現化するとは……」

先生が腕を緩めると、ケルベロスが三つの鼻先を近づけてきた。

「ありがとな」

ネロ、ジルヴァラ、アウリムが、舌で優しくオレの顔や腕を舐めてくれる。その身体は傷だらけで、オレの腕の傷なんかよりひどい状態に見えた。口が利けないのも傷の影響だろう。

「オ、オレの傷はいいから……お前たちの――」

身じろぎすると、先生が口を挟んできた。

「お前の血で少しは癒える。お前も傷の修復ができて一石二鳥だ。好きに舐めさせてやれ」

「……あ、そうか」

先生に言われ、されるがままケルベロスたちに傷を舐めさせる。

「おそらく、あのゴルゴスとかいう奴が、悪魔と亡者たちを先導しているのだろう。数日前、家の前に現れたと聞いて調べていたのだが、冥府にゴルゴスという名の悪魔は存在しないという結果にたどり着いた」

先生がそっとベッドへ寝かせてくれながら、静かに話し始めた。

ふと気づくと、先生の頭から立派な角が消えている。驚き、背後に目をやると、黒くて大きな翼もなくなっていた。

「あの、先生……角が」

「本性でいると滲み出す魔力を抑えるのにいらぬ力を使う。人の姿でいる方が魔力の無駄遣いを防ぐことができるのだ」

そう言うと、先生はすぐに話をゴルゴスに戻した。

「これは俺の推測だが、ゴルゴスは冥府に閉じ込められた悪魔や亡者の念が具現化した姿ではないかと考えられる。だからこそ、人間界へ強い執着を抱いているのだろう」

ゴルゴスから感じた異様なまでの禍々しさは、そのせいだったのかと納得する。

「ケルベロスが復活したことを嗅ぎつけて、冥府の門を閉じられる前にマスターであるお前の命を狙ったのだろう」

たしかに、ゴルゴスはそう言っていた。

『お前を殺せば、ハデスの血は途絶える』

『冥府の門も開いたままんまだ』

ケルベロスマスターであることで生じる危険について、改めて気づかされる。

「しかし、まさか結界を破るほどの魔力をもっているとは、想定外だった……」

ケルベロスはひとしきりオレの傷を舐め終えて、ベッドの脇で身体を丸めている。その身体には、まだ小さな傷がいっぱい残っていた。

それにオレの腕の傷も、血こそ止まったけど生乾きの状態だ。

ベッドに横になって右腕の傷を眺めていると、先生が重い溜息を吐いた。

「まあ、怪我が大したことがなくてよかった。ようやく見つけたケルベロスマスターの身に何かあったらと思うと、ゾッとする……」

――あ。

黒葛原先生の言葉を聞いた瞬間、背筋がヒヤッとした。

そうだ、忘れてた。

先生が心配なのは、オレ……乾凌平っていう個人じゃなくて、ハデスの血を引くケルベロスマスターという存在だ。

先生は、何も間違ったことは言ってない。

なのに、オレは悲しくてどうしようもなかった。

好きになってほしいなんて、言わない。

けれどせめて、オレをオレとして見てほしいと思わずにいられない。

「もっと、頑張ります」

先生に迷惑なんかかけない立派なケルベロスマスターになれば、オレのこと、見てくれるかな。

「だから、先生……」

オレは鉛みたいに重く感じる身体を起こすと、先生をまっすぐに見つめた。

「なんでも一人で抱え込まないで、オレにも話してください」

口にはできない想いを隠して、先生に認めてもらいたくて言い募る。

「ケルベロスマスターとしてこれから冥府の門を守るなら、冥府のこと、悪魔や亡者のことだけじゃなく……先生の一族のことも、ちゃんと知っておきたいんだ」

「凌平……？」

先生の顔にあからさまな困惑が滲む。

「先生、さっき『焦るあまり』って言ってたよね？　その焦りの理由を教えてくれませんか？」

「……それは、お前には関係……」

「ないわけ、ないだろ！　だって絶対に悪魔か冥府に関係することだよね？　それに、ローズムーンが近づくにつれて、先生の焦りが目に見えてひどくなってたじゃないか」

多分、図星だったんだろう。先生が難しい顔をして黙り込む。

「ねえ、先生。不公平だって思いません？　オレ、人間界だけでなく、冥府の……悪魔の未来も背負うわけですよね？　なのに何も知らないでいるの、おかしいと思いませんか？」

二人、押し黙ったまま、どれくらいの時間が過ぎただろう。

「先生が言い出しにくいなら、オレの質問に答える形で教えてくれませんか？」

痺れを切らし、先生を見つめて重ねて問いかける。

「ゴルゴスはケルベロスを怖がっていたように見えたけど、なんでですか？」

門番というだけで、あそこまで目の敵《かたき》にするのは不自然に思えた。

先生は大きく深呼吸すると、顔を背けてボソッと答える。

「門を出た亡者や悪魔を塵にして消し去ることができるのは、ケルベロスの牙だけだからだろうな」

淡々とした先生の声を聞きながら、ゴクリと喉を鳴らす。

「そういうのって、もっと早く教えてくれないといけないいんじゃ……」

「過度なプレッシャーを与えるのは不憫だと思って、時期をみて話すつもりだったのだ」

先生は目を伏せ、バツが悪そうに早口で言った。

その様子に、オレはピンときた。

「もしかしなくても、先生、まだオレに隠してること、あるんじゃないですか？」

顔を近づけ、整った彫りの深い顔を覗き込む。

すると、先生はおもむろにベッドの端に腰かけたかと思うと、渋々といったふうに口を開いた。

「冥府の門を閉じることができなければ、我が一族全員が血肉をもって門となり、門を閉じなければならない……」

耳を疑う答えに、オレは数秒、声が出せなかった。

黒葛原先生の一族は、代々ケルベロスマスターに仕えてきたと聞いている。マスターが消滅し、ケルベロスが液状化したときは、次のマスターが見つかるまでの間、冥府の門を守る役目を担ってきたのだ。

「そ、んな……」

まさか、そんな役目まで先生が背負っていたなんて思ってもいなかった。

事情を知れば、先生の焦りが当然だと理解できる。

「も、もし……そんなことになったら、先生は……？」

「もちろん、俺も一族とともに身を捧げることになる」

先生は事もなげに頷く。

「しかし、俺はどうなろうと構わない。俺がやり切れないのは、長きにわたって冥府で栄誉ある務めを任されてきた一族が、俺のせいで途絶えるかもしれないということだ」

苦笑いを浮かべる先生に、オレは躊躇いつつも問いかけずにいられなかった。

「なんで、最初からオレに話してくれなかったんですか」

「言えるわけがないだろう」

先生の表情がふっとやわらいで、ドキッとする。

「その年まで悪魔と知らずに育ったうえに、いきなりケルベロスマスターに選ばれ、重い責任を負わされたお前に、これ以上の重荷を預けられると思うか」

灰赤色の瞳が潤んでいた。

いつになく優しい眼差しに、抑え込んでいた想いが込み上げる。

「せ、せんせ……」

身を乗り出し、衝動のまま想いを告げようと口を開いた瞬間、怪我を負った右腕に激しい痛みが走った。

「イタッ……」

右腕を抱え込んで痛みに耐える。

「大丈夫か、凌平」

先生が身を屈めてオレの腕をとり、怪我の状態を確かめる。

「悪魔につけられた傷は、ふつうの傷と違って治癒に時間がかかる。ケルベロスも弱った状態だったために完治できなかったんだろう」

そう言われてみれば、床に蹲ったケルベロスも元気がない。

「ゴルゴスにこの隙を突かれたら、次は防ぎ切れないかもしれない。今回はひとまず追い払えたが、またすぐ襲ってくる可能性もある」

穏やかな微笑みは消え、先生の表情は暗く曇っていた。

「少しでも早く、ケルベロスの傷と疲れを癒すべきだが……」

ケルベロスの傷を癒すには、オレの精液が必要だってことはすぐに分かった。

だけど、ローズムーンを直後に控え、今日まで射精を我慢して高めた魔力を放出させていいものか、先生は躊躇っているんだ。

「きっと大丈夫だよ、先生。だってケルベロスはこんな立派な成犬になってる。これって、オレの魔力が充分強くなったっていう証拠だよね？」

傷の痛みを堪えてにっこり笑ってみせる。

「オレの傷を治すためにも、ケルベロスには早く元気になってもらわないといけないし」

言いながら、血で汚れたパジャマを下着と一緒に脱ぎ捨てた。

「だから先生、いつもみたいに……手伝ってください」

恥ずかしくないわけじゃない。

でも、オレにしかできないことだと思ったら、びっくりするぐらいするっと言葉が出てきた。

何より、先生に触ってもらいたくて堪らない。

もっと、淫らに……。

もっと奥まで触れてほしい——。

「オレを……イかせてください」

先生が驚きに目を丸くする。

「これも、ケルベロスマスターの役目ですよね」

左手で先生の手を握ると、オレはそっと、緊張で縮こまった股間へ導いた。

ゴルゴスに傷つけられた怪我のせいだろうか。

それとも、射精しないようトレーニングしてたせいかな。

いつも以上に先生が丁寧に優しく、そして執拗に性器や乳首を弄ってくれるのに、オレはなかなかイくことができなかった。

「はぁっ……ンあ、んあっ……ン」

頭がぼーっとするぐらい気持ちよくて、先走りも恥ずかしいぐらい溢れているのに、どういうわけか射精できない。

「やはり、無理をしているんじゃないのか？」

先生が掠れた声で訊いてくる。いつもは脱がないジャケットとベストを脱いで、ワイシャツの前を少しはだけているのは、先生もどこか調子が悪いせいかもしれない。

「ム、リなんか……してな……っ」

オレは全裸になって、先生の前で脚を大きく広げながら腰を揺すっていた。

「なん、か……足りな……いっ」

感じ過ぎて、呂律が回らない。

先生が触れるところ全部、おかしいくらいに感じてしまう。

「イきた……ぃよ……せんせっ」

何かによって絶頂が塞き止められたみたいに、苦しくて仕方がなかった。

極上のスイーツを作る器用な指で弄られて、乳首は熟れた果実みたいに赤く腫れている。

性器と袋は先走りでびしょびしょで、シーツはお漏らししたみたいに濡れていた。

腕も肩も、腹も脇も、太腿もどこもかしこも、馬鹿みたいに感じて、頭が変になりそう。

「なんで……イけな……っ」

オレは知らないうちに、ぼろぼろと涙を流していた。

「泣くな……なんとかしてやるから」

先生が両手での愛撫を続けながら、唇を寄せて涙を吸ってくれる。

分厚い唇が頬や瞼に触れた瞬間、全身に雷を受けたような痺れが走った。

「アア――――ッ！」

脚を突っ張り、胸を反らせ、絶頂に息を詰まらせる。

なのに……。

「……で、ないよぉ……っ」

性器はパンパンで、今にも爆発しそうだ。

絶頂に至ったはずなのに、何故か、射精できない。

そのとき、先生の手がオレの胸をそろりと撫でた。

「ああ……っ！」

乳首を掠められた瞬間、痺れるような快感が肌の上を駆け抜ける。

男なのに、もうすっかり乳首を触られて感じるようになってしまった。

息を弾ませ、小さく首を振るオレの耳許へ、先生が囁きかける。

「触れる前から硬く尖っていたぞ。ここで感じることを覚えたようだな」

言いながら、左胸の乳首を摘んだ。

「んあっ……やめっ、あ……あぁっ……」

オレの身体、いったいどうなっちゃったんだろう。

乳首を触られると、ジンジンと熱く疼いて、肌の上を快感がさざ波みたいに広がっていく。とにかく、どうしようもなく気持ちがよくて、もっと強く弄ってほしいなんて思ってしまった。

「いやだ……あ、もぉ……触らな……いでっ……。へん、……変にな、る……からぁ」

先生は指先で乳首を摘んだり、押し潰したり、爪先で引っ掻いたり、執拗に責め立てた。

性器みたいに敏感になってしまった乳首を弄られ、喘ぎ声が止まらない。

「気持ちがいいなら素直に受け入れるといい。そうすればさらに魔力も強くなる。それに、ほら——」

オレの右肩に顎をのせ、先生が腹の下を覗き込んで続けた。

「乳首に触った途端、コチラもいっそう硬くなって涙を零し始めたぞ」

言葉と同時に、性器が激しく擦り上げられる。

「ああっ……や、ああっ……んあっ……ダメ、だ、め……っ。せ、んせっ……」

乳首を抓《つね》られたまま性器を乱暴に愛撫されると、恐ろしいほどの快感が押し寄せた。

自分で身体を支えていられなくなって先生に体重を預け、腰を前後に揺らしながら啜り泣くような声をあげてしまう。

「いっしょ……に、触らない……でっ。あたま……おかしくなる……っ」

「大丈夫だ。気持ちよくなって……より魔力が込められた精を吐き出せばいい」

器用な指で乳首と性器を刺激しながら、先生がオレを唆す。

「せん、せっ……頭……い、たい……。からだが……燃えるみたい……あつ、い……っ」

快楽に翻弄されるうち、身体が今までになく熱くなっていた。頭が……というより額が内側から突き上げられるように痛んで堪らない。そればかりか、尾てい骨が軋むように痺れてきた。

「気持ち……いいのに、こわ……いっ」

オレは涙で潤んだ目を先生に向けて訴えた。

「怖いのと、気持ちいい……の、いっしょに……キて、変にな……るっ」

自分でも、何が言いたいのか、何を口走っているのか、分からない。

それぐらい、ひどく興奮していた。

性器はもうパンパンで、今にも破裂してしまいそう。

「凌平。恐れることはない」

先生はオレの目を見て小さく頷いた。

「それらはすべて、お前が強い魔力を備えている証だ」

「……はぁ、あっ……あ」

言葉の意味を確かめたくても、もう、言葉を紡げない。喘ぎながら視線で訴えるので精一杯だった。

乳首に爪を立てられると、下腹が痙攣《けいれん》するのが分かった。

もう、絶頂が近い。

「嘘ではない。きっと……お前の角や尾は、さぞ美しいだろうな」

先生が掠れた声を耳に注ぐ。

「はっ……あぁあっ……！」

鼓膜が震えるそのささやかな刺激と同時に、乳首と性器を弄られて、オレは大きく背中を仰け反らせた。

「ンン――ッ」

先生の手の中で、本当に性器が破裂したかと錯覚するような鮮烈な絶頂に、一瞬、意識が途切れる。

カクカクと腰を小さく揺すったが、射精はしない。腹の中にズシンとした熱が篭ったままだ。

「う、うぅ……」

燻った熱を持て余しながら、先生の前にくたりと転がる。

「せん、せっ……たすけ、て……」

このまま感じてばかりじゃ、いつまで経ってもケルベロスを癒すことも、オレの傷を治すこともできない。

歯痒さに唇を噛み締めつつのろのろと起き上がると、オレは先生と向かい合った。

「せんせ……。お願……いが、あります……」

薄い胸を激しく上下させながら、先生を潤んだ目で見つめる。

いつもきっちりまとめている煉瓦色の髪が乱れて、すごくセクシーだ。瞳の色も赤みを増して、見つめられるとゾクゾクする。

「どうして、ほしい？」

優しく問い返されて、ゴクリ……と唾液を嚥下した。

「……だいて」

もう随分と前から、秘かに抱いてきた欲望を、はじめて口にする。

「凌平……」

さすがに、先生が困惑の表情を浮かべた。

でももう、引き返せない。

このままじゃ、きっといつまで経っても、イけないままだ。

「だって……尻が……疼いて、仕方ないんだっ……」

演技でもなんでもない。

尻尾が生える兆しか、それとも悪魔として目覚めつつある身体が求めているのか、先生に触れられるたびに、尻を犯してほしくて堪らなかった。

「おねが……い、せんせっ……もぉ、我慢でき、ない……っ」

――先生が欲しいんだ。

「しかし……」

先生、なんで躊躇ってンの。

ケルベロスマスターとケルベロスのためなんだから、遠慮なんかしないで、抱いてよ。

「やっぱ……り、お、とこじゃ、だめ……？」

先生が躊躇う理由を探して、問いかける。

「そうじゃない」

フルフルと頭を振ると、赤い髪がさらりと揺れた。

「じゃあ、抱いてよ……っ」

好きじゃなくても、いい。

「そうじゃない……と、オレッ……ホントに、気が――」

義務で、構わない。

先生が認めるケルベロスマスターになったら、こんなふうに触れてもらえなくなる。

もう、二度と触れてもらえないなら、この片恋《かたおも》いの思い出がほしい。

「せんせ……お願いっ……」

一度でいいから――。

オレは開いた脚を立てると、ぐっしょりと濡れた股間へ両手を伸ばした。そして、勃起した性器でも、蜜をたっぷり溜めた袋でもなく、その奥へと触れる。

先生の視線がソコへ注がれるのを感じながら、溜息を吐いた。

「ココに……」

尻を浮かし、ヒクヒクと生きているみたいに蠢く窄まりを両手の指で広げ、精一杯の淫らな台詞で誘惑する。

「せんせ……の、挿れて……っ」

直後、目の前に赤い炎が迫るのを認めた。

視界の端に黒くて大きな翼が映ったかと思ったとき、自分で広げた窄まりに焼けた鉄の塊が触れた。

「凌平……っ」

掠れて上擦った声で先生に名前を呼ばれた瞬間、身体を引き裂かれるような衝撃と快感に呑み込まれる。

「あ――」

こんな衝撃は、知らない。

ただただ与えられる快楽を貪っていた身体が、驚きと歓喜にうち震える。

尻尾なんか、比べものにならない。

先生に身体の奥深くまで穿たれると、まるでこうして繋がることが決まっていたかのような、快感と充足感を覚えた。

「き、もち……いいっ」

短く喘ぎ、先生にしがみつく。

好き。

もうどうしようもないくらい、先生が好きで堪らない。

「つらくは、ないか」

ゆっくりとすべてを埋め込むと、先生がオレの髪を撫でながら訊ねてきた。

「平気、です……。だから、動いてくださ……い」

欲望を口にするオレを、先生が苦笑交じりに見つめて頷く。

「ああ」

赤く染まった瞳と、汗ばんだ額を認め、先生も興奮してくれているんだと知って嬉しく思った。

「いっぱい……突いて、気持ちよくして……」

そうすれば、魔力がもっと強まる。

オレだけじゃなく、ケルベロスの怪我だって、それだけ早く治すことができる。

「急かすな、凌平……っ」

先生は何故か忌々しげに舌打ちをすると、いきなりオレの腰を高々と抱え上げた。そして、息つく暇もなく真上から叩きつけるように奥を穿ち始める。

「んあっ！　あ、あっ……！」

息をするのも忘れそうな激しい律動に、オレはみっともなく悦《よ》がり、喘いだ。

「……凌平、締めつけるな。動いてやれないだろう……っ」

先生の声は上擦って掠れ、息も弾んでいる。

涙で潤んだ瞳で見上げ、先生の赤い髪に手を伸ばした。ずっと触れてみたかったけど、さすがに言い出せずにいたんだ。

「せんせ……っ。もっと、きつく……抱き締めて……っ」

癖のある赤毛に指を絡め、先生の頭を引き寄せるようにして求める。

「もう、黙っていろ。これ以上……煽ってくれるな……っ」

先生の表情は欲情を孕《はら》んで色っぽく、そして何故か余裕が感じられない。

「いいから……もっと先生が、したいように……して……っ」

オレのことを、好きじゃなくてもいい。

義務でも、今だけ快楽を分け合う関係でも構わない。

だから、ほんの一瞬でもいいから、オレのことを欲しがって——。

「凌平……っ」

オレの身体を激しく揺さぶりながら、先生が掠れた声で名前を呼ぶ。

「ハァッ……、凌平……いいか？」

その声を聞いた瞬間、触れてもいないのに性器が弾けた。

絶頂の兆しを感じる暇もない、予期せぬ射精に、声も出ない。

「――――ッ！」

全身の毛穴という毛穴が開き、目の前が真っ白になる。

同時に、額の痣になった部分と尾てい骨のあたりが、焼けるように熱くなった。角や尻尾が生える兆候にしては、今までと比較にならない熱と痛みだ。

けれど、オレの身体はその熱や痛みまで、淫靡な刺激として受け止める。

「あ、あ……ッ」

ブルッと全身が小刻みに震え、下腹にきゅっと力が入った。

「くッ……」

予期せぬ絶頂に呑み込まれる中、先生の苦しげな声と、抱き締める体温だけをはっきりと感じる。

「駄目だ……っ。もたな、い……」

大きな手で腰をしっかと捕まえられたと思うと、次の瞬間、腹の中に熱い奔流を感じた。

「あ」

――先生、オレの中で……イッたんだ。

そう思ったとき、オレは間をおかずに二度目の絶頂に至った。

「んあっ……あ、あ……っ」

さっき放ったばっかりなのに、浅ましい性器から夥しい量の精液が零れる。

「気持ちよかったか、凌平？」

オレの中にまだ硬い性器を埋めたまま先生が訊ねるのに、うんと頷く。

ただ、気持ちがよくて。

嬉しくて――。

先生の肌の感触と、汗の匂いに包まれ、優しく名前を呼ばれると、もう、怖い物なんか何もないような気がした。

「俺も、よかった」

ともすれば聞き逃してしまいそうな囁き声に、右の目尻から涙が零れる。

先生、大好きだよ。

オレなんかのために、いっぱいスイーツ作ってくれてありがとう。

だから、ちゃんと期待に応えるって約束する。

命にかえても、冥府の門を守るって――。

先生が髪を優しく撫で梳《す》いてくれる感触にうっとりと目を閉じ、やがてオレは好きな人の腕の中で眠りに堕ちていった。

目覚めたのは、ローズムーン当日の昼下がりだった。

「……はぁ、よく寝た」

ここ最近にはなかったくらいスッキリとした目覚めに、両腕を突き上げ、思いきり伸びをしたところで、ハッと気づく。

「先生……」

ベッドの横に置いた椅子に腰かけて、黒葛原先生がオレを見つめていたのだ。

モスグリーンに薄く細いストライプ模様の上下に、濃紺のベストをきっちりと身に着け、髪の色とよく似た煉瓦色のネクタイを締めている。

オレは、新しいパジャマを着せられていた。

こうして見ると、まるで昨夜の出来事が全部、夢のように思えた。

でも、現実だって、証拠がある。

オレの右腕の傷は、何故かきれいに治らないで、うっすら残っていたからだ。

それに、腹の中がじんわりと熱いのは、多分、先生の名残りだろう。

――夢じゃなかった。

義務感や責任感からだったとしても、先生に抱いてもらえて心から嬉しく思う。

「あの、ケルベロスは……？」

先生の腕の中で気を失ってしまったから、あのあとどうなったのか知らない。

すると先生がびっくりするぐらい優しい笑みを浮かべた。

「お前の精液で傷も癒え、ほら……このとおりだ」

大きな掌にのせた黒い球体を、そっとオレに差し出す。

「よかった」

胸を撫で下ろしたとき、再び胸に不安が浮かんだ。

「……あの、先生。それで、オレの魔力は……？」

先生にちゃんと抱いてもらって、すごく気持ちよくって、やたらイきまくったような気がするんだけど——。

「それも心配ない」

不安顔のオレに、先生が短く答える。

「ケルベロスにはお前のモノしか効かないが、上級悪魔の精液には基本的に魔力を補う作用がある。俺が直接お前に精液を与えたことで、魔力の低下を防ぐことができた」

「そうだったんだ……」

今度こそ心の底から安心して、ほっと溜息を吐いた。

「起きられそうか」

「はい」

返事をして起き上がると、先生は静かに椅子から立ち上がった。

「当日のこの時間になって焦ったところで仕方がない。お前が眠りこけている間、好きそうなスイーツを作っておいたから食べに来い」

いつもと変わらない先生の態度が、オレへの気遣いだってことはすぐに分かった。

今日がいよいよローズムーンだからって、気負うことはないって言ってくれてるんだ。

オレは急いでTシャツとジーンズに着替えると、先生のあとを追ってキッチンへ向かった。

「うわっ！　コレ、本当に全部食べていいんですか？」

キッチンに足を踏み入れたオレの目に、ダイニングテーブルにのり切らないほどのスイーツが飛び込んでくる。

腹が減ってはなんとやら……だと言って、先生が腕によりをかけて作ってくれたのだ。

「ケルベロスが成犬で具現化したといっても、けっして甘く考えるな」

席に着くなり、先生がぶっきらぼうに言った。

多分、心配してくれてるんだろう。

「大丈夫ですよ」

オレがケルベロスの球を手で転がしながら言うと、先生はあからさまにムッとする。

「だって先生が……一族の人たちがフォローしてくれるんですよね」

上目遣いに問い返すと、先生は紅茶を一口啜って、口角をきゅっと引き上げた。

「ああ、そうだ」

静かに目を眇め、オレの大好きな微笑みを浮かべる。

「何があっても、お前を守る」

確固たる自信と余裕さえ感じる言葉と態度に、オレはこっそり安堵《あんど》の溜息を吐いた。

「じゃあ、安心です。それに、これだけのスイーツを食べたら、魔力もさらに強くなりそうだし、オレ、本番に強いタイプですから」

先生は何も言わない。

ただ、オレが美味しそうにスイーツを平らげる様子を、静かに見守ってくれていた。

穏やかな時間は、けれど長くは続かない。

日が沈むと同時に、黒葛原先生はまるで散歩にでも誘うみたいな気軽さでオレを促した。

「では、そろそろ行くか」

ケルベロスはまだ球体のまま、ジーンズのポケットの中だ。

キッチンを出て広縁から空を見上げると、東の空の低い位置に、まん丸でルビー色をした月が浮かんでいるのがくっきりと見えた。

「ここだ」

先生がオレを連れていったのは、土間の竈の前。

「へ?」

「この竈の火の中に、冥府へ続く道の入口がある」

今まで火が入っているところなんか見たことなかったのに、今は真っ赤な炎が渦巻いている。

目の前の古い竈を見つめ、しばらくの間、何も言えなかった。

まさか、竈の火の中へ飛び込んだりしないよな。

「火は、消しますよね？」

心配になって先生に訊くと、意味深な笑みを浮かべ「さあな」と答える。

一瞬、胸に嫌な予感が過った。

「凌平、ぼーっとしていないで、ケルベロスを具現化させろ。今のお前なら念じるだけでもできるはずだ」

揺るぎない灰赤色の双眸で見つめられると、不思議と自信が湧いてくるようだ。

「はい」

大きく頷いて、気を引き締める。

オレはポケットから黒い球体をとり出すと、そうすることが当然のように握った手を額に当て、一心に念じた。

――ケルベロス。オレの前に、姿を見せるんだ。

すると、手の中の球体がフッと消えてなくなり、次の瞬間、目の前に三つの頭をもつ黒い巨犬が現れた。

「……ほう」

先生が、小さく感嘆の息を漏らす。

ウォンッ！

ケルベロスは三つの口で同時に吠えると、嬉しそうに尻尾を振る。

『マスター！　いよいよですね』

『オレが自慢の牙で亡者どもを切り裂いてやるからな』

『ぼくたちがいれば、何も怖くないですよ』

頼もしい言葉をかけてくれるアウリム、ネロ、ジルヴァラの頭をそれぞれ撫でてやる。

「いよいよだ。頑張ろうな」

「覚悟はできたか、凌平」

ふと見れば、先生はいつの間にか、本性へと変化していた。

ふだんより一まわり身体が大きく逞しくなっている。背中の大きな翼も、長くて美しい角も、惚れ惚れするほどかっこいい。

「どうした？」

うっとりと見蕩れていると、先生と目が合った。

いつもの灰赤色の瞳が、今は真っ赤に染まって妖しい色香をたたえている。

「……いえ、なんか、頼もしいなって」

思ったままを答えると、先生がぽん、とオレの頭を軽く叩いた。

「それはコチラの台詞だ。この期に及んで、お前の気楽さというか能天気さというか……落ち着きぶりには感心させられる」

このとき、オレは何故だか、今なら何を言っても先生は許してくれそうな気がした。

「先生、ちゃんと冥府の門を閉じられたら、ご褒美……もらえませんか？」

一瞬、先生は訝しんで目を細めたけれど、すぐに頷いてくれた。

「分かった。なんでも好きなものをやろう」

「じゃあ、ちゃんとケルベロスマスターとしての務めが果たせたら、欲しいものを言いますね。約束ですよ」

――先生が欲しい。

なんて言ったら、びっくりするに違いない。

「では、行くぞ」

先生の言葉に、ゴクリと喉を鳴らす。

オレのそばには、ケルベロスがぴたりと寄り添った。

すると、先生が大きな翼を広げ、耳に馴染みのない言葉で呪文を唱えた。

けれどその呪文は羽ばたく翼の音で掻き消され、ほとんど聞き取れない。

「先生、今、なんて……」

問い訊ねようと、顔を上げた瞬間、視界が翼で塞がれてしまった。

そして、「あっ」と思ったときには、バサッという羽音と同時に視界が開けた。

「着いたぞ」

時間にして、ほんの数秒。

オレたちは、両脇に炎が燃え盛る細い道に立っていた。

「冥府へ続く道だ」

先生に促され、ゆっくりと下っていく道のうんと先へ目を向けると、信じられないくらい大きな扉が見えた。

「あれが……冥府の門」

多分、距離にすると二、三キロは離れていると思う。けれど、ここからでも、門扉や門柱に施された装飾が見てとれるほど、冥府の門は大きかった。

赤錆色《あかさびいろ》の門扉は、一見すると閉じているように見える。けれど、よく目を凝らしてみると、ほんのわずかに隙間が開いていて、黒い霧のようなものが少しずつ流れ出ているのが分かった。

「あれが亡者どもだ。人間界への道はこのほかにもあり、より抜け出し易い道を選んでやつらは人間界への脱出を図る」

「そういえば、この道は誰も登ってこないですね」

「すでにケルベロスの匂いを嗅ぎつけているんだ」

ケルベロスを見ると、それぞれが鼻先を上に向けて、しきりに匂いを嗅いでいる。首のあたりの毛が逆立って、尾がゆっくりと左右に揺れるのは、臨戦態勢に入っている証拠だ。

ケルベロスの興奮が、緊張となって伝わってくる。

そうしているうちにも、分厚くて大きな門扉は、ギシギシという耳障りな音を立て、徐々に外へと開いていく。冥府から逃げ出てくる亡者や悪魔の黒い霧は、やがて太い帯状に変化した。

「急げ！」

かけ声を放ち、先生が翼を広げて舞い上がる。

オレはケルベロスの背にのって、炎が燃え盛る道を駆けた。

するとそこへ、聞き覚えのある声が響き渡った。

「お前らに邪魔はさせねぇ！」

闇の中から多数のコウモリとともに現れたのはゴルゴスだ。昨夜、会ったときよりも二まわりほど大きくなっている。きっと、あれからさらに魔力が強くなったに違いない。

「凌平、奴は俺が食い止める。お前は門を閉じることに専念しろ」

「と、閉じろって、あんなデカい門の扉なんて……どうやって？」

「お前は門扉を閉じるときどうする？　それと同じでいい。深く考えるな」

先生はそう言うと、大きな翼をはためかせ、ゴルゴスへと向かっていった。

「……先生っ！」

闇に包まれた宙を見上げると、赤い瞳が闇の中で美しく輝いていた。

「大丈夫、お前ならできる」

先生は声を張りあげると、闇の中へ消えていった。

ゴルゴスの姿も闇に溶け込んでオレの目には映らない。

「……先生の期待、裏切るわけにはいかないからな」

オレは一つ深呼吸すると、ケルベロスとともに冥府の門を目指した。

途中、擦れ違おうとする黒い霧となった亡者や悪魔たちを、ケルベロスが三つの口で噛み裂いて進んだ。

「す、ごい……」

やがて、門の前にたどり着くと、その圧倒的な大きさに唖然とする。

幅は二十メートルほどで、高さは……正直分からない。赤錆色の門扉は一メートルほど開いていて、そこから恐ろしい勢いで黒い霧が噴き出している。

さらによく見れば、門扉の下の方に先生と同じ黒い翼をもつ悪魔が、必死に押し戻そうとする姿があった。間違いなく、先生の一族だろう。

彼らは黒い霧に翼や身体を蝕《むしば》まれながらも、懸命に門を閉じようとしている。

「急がないと、ヤバい……っ」

オレはケルベロスの背中から下りると、三つの頭に声をかけた。

「あの人たちを霧から守ってくれ」

命じると、ケルベロスは風のように駆けていったかと思うと、次々に黒い霧に襲いかかり、牙や爪で切り裂いて塵にしてしまう。

「あいつたち、昨日よりさらに強くなってる」

ケルベロスの奮闘ぶりに感心しつつ、オレも門へと近づいていった。

「門を閉じるとき、どうする……か」

先生の言葉をヒントに、その方法を考える。

「どけーっ！　このクソ餓鬼がっ！」

そのとき、頭上から耳を劈《つんざ》くような雄叫びが降り注いだかと思うと、ゴルゴスがオレの前に立ちはだかった。

「うわぁ……っ」

ゴルゴスはコウモリの翼で風を送り、オレを門から遠ざけようとする。

「凌平っ！」

すぐに先生が駆けつけてくれたが、黒い霧がその行く手を阻んだ。

「クソ……ッ」

先生はあっという間に黒い霧に呑み込まれてしまう。

「せ、先生っ！　黒葛原先生、大丈夫ですかっ！」

オレは咄嗟にケルベロスを先生のもとに向かわせなければと思った。

すると、その気持ちが伝わったのか、門の周囲で亡者たちと戦っていたケルベロスが、先生を囲い込んだ黒い霧に向かってジャンプした。

白い三つの牙が、みるみるうちに霧を切り裂いていく。

やがて、先生の顔が見えたと思うと、赤い瞳がオレを捉えた。

「何をやっている、早く門を閉じないか！」

いきなり叱咤され、オレは自分の役目を思い出した。

「そうだ、しっかりしなきゃ」

ハッとして、再び門へ向かって駆け出す。

だが、再び行く手をゴルゴスに阻まれた。

「お前はここで、俺に八つ裂きにされるんだよ」

ゴルゴスは門から逃げ出してきた亡者や悪魔たちを取り込みつつ、どんどん巨大化していく。

「くそっ……、どけよ！」

腹立ち紛れに叫んだところを、長い爪が生えた黒い手で張り倒された。

数メートル吹き飛ばされ、血の匂いのする固い地面に叩きつけられる。

「ケルベロスマスターを呑み込んで、糧にするのもいいよなぁ」

ゴルゴスが喋《しゃべ》るたび、轟々《ごうごう》と異臭のする風が舞い上がった。その風に門扉が煽られ、徐々に隙間が広がっていく。

「……うう、くそぉ」

悔しさと歯痒さに唇を噛み締めながら、よろよろと起き上がる。

そして、門の方へ向き直ると、目の前に大きな赤い口と鋭い牙が迫っていた。

「ヒッ……」

呑み込まれる――と思った瞬間、すぐそばで羽音がした。

「……え？」

咄嗟に閉じた瞼を開くと、黒い羽根がハラハラと舞い散る様子が見えた。

さらに視線を上に向け、燃えるような赤い髪と美しい二本の角を認める。

「つ、黒葛原せん……せ？」

黒く大きな翼と広い背を見上げたそのとき、闇を揺るがすような獣の咆哮が響き渡った。

「――――ッ！」

見上げた視線の先で、先生がゴルゴスの右翼を摑んで、力任せに引きちぎる。

壮絶な光景に、言葉を失ってしまう。

すると、ゴルゴスの左翼めがけて、黒い弾丸が跳んだ。

ケルベロスだ。

「が、がんばれっ……」

痛みのせいで、大きな声が出ない。

ケルベロスは繰り返し何度もゴルゴスの翼に飛びかかっては、鋭い牙で切り裂いていく。

やがてゴルゴスは一際醜い咆哮を放つと、左翼からゆっくりと塵となって消えていった。

「先生……お、わった？」

目の前の背中に呼びかけるが、返事がない。

「先生……？」

手を伸ばして背中に触れると、そこは何故かぐっしょりと濡れている。

「え?」

濡れた手を見ると、真っ赤に染まっている。

悪魔でも、血って、赤いんだ。

ふと、そんな馬鹿な考えが浮かぶ。

「せ、先生……血が、たくさ……」

大きな身体にしがみつき、呼びかける。

よく見ると、先生の翼の片方が捥《も》げそうになっているばかりか、全身傷だらけになっていた。

「お、れのことは、いい……。とにかく、門を閉じろ……」

先生はゆっくり振り返ると、途切れ途切れだけれど、いつもオレを叱るときと同じ口調で言った。

「この馬鹿が……! もう月が……ローズムーンが、中天に……」

先生の赤い双眸が、赤い月のイメージと重なる。

「ゴルゴスが消えた今……奴らは、ただの烏合《うごう》の衆……。あとはケルベロスに任せて、お前は門を……ケルベロスマスターとしての務めを果たせ」

先生はまっすぐにオレを見つめると、血で汚れた手で髪を撫でてくれた。

赤い瞳は揺るぎなく、先生がオレを心の底から信じてくれてるんだって伝わってくる。

「お前ならできる」

叶うなら、先生のそばにいたい。

だけど、オレには、今すべきことがある。

「分かりました」

無理に笑顔で頷くと、先生も薄く微笑んでくれた。

「パパッと門の扉を閉じて、すぐに戻ってきますから」

油断すると、目に涙が浮かびそうで、慌てて先生に背を向けた。

「行くぞ、ケルベロス！」

ゴルゴスをその牙で塵と化し、続けてほかの亡者や悪魔たちに襲いかかっていたケルベロスを呼び寄せる。

ケルベロスは空を駆けるようにしてオレのもとへ戻ってくると、傷ついた先生の姿を見て悲しげな声を漏らした。

「先生は大丈夫。だから、オレたちは門を閉じよう」

オレの言葉に、ケルベロスは答えるより先に駆け出した。

後ろ髪引かれる想いを断ち切って、あとを追う。

黒い霧に覆われた門を睨みつけるうち、堪え切れずに涙が溢れ出した。

「……せんせっ」

お願いだから、無事でいて。

そして、門を閉じて、一緒に先生の家に帰ろう。

だって約束したよね。

オレが欲しい物、なんでもくれるって――。

「先生……っ」

小さな子どもみたいに泣きじゃくりながら、門扉を目指してひたすら走る。毎日ジョギングを欠かさずにいて本当によかったと、こんなところで改めて思ったりした。

「死なないで……先生っ！」

先生の穏やかな微笑みをずっと思い浮かべ、ただひたすらに無事を祈り、ともに帰ることを願う。

あんまり泣きじゃくったせいか、頭がズキズキと痛んだけれど、気にしてなんかいられない。身体中が熱く、腹の奥から何かが込み上げてくるのを抑え込みながら、とにかく門を目指した。

オレの数メートル前を進むケルベロスが、逃げ惑ったり襲いかかってくる敵を嚙み裂き、道を空けてくれるのが頼もしい。

やがて門扉に近づくと、ケルベロスが霧を牙で切り裂いて払ってくれた。

その姿に恐れをなしたのか、隙間から逃げ出そうとしていた亡者や悪魔が扉の向こう側で身を潜める。

オレは息を整えると、門扉に近づいて右手で触れた。

「早くこんなこと終わらせて、先生のところに帰るんだ」

自分に言い聞かせ、そして、気を落ち着ける。

――オレの門扉の閉じ方は……。

「片手で、バーン……だ！」

先生の言葉を信じ、いつも実家で乱暴に門扉を閉じては叱られていた方法を実践する。

「閉まれ……っ！」

細かいことなんか気にせず、右手で門扉を叩きながら、大声で叫んだ。

これで駄目なら、時間がある限り、考えればいい。

もうほとんど、ヤケクソだ。

でも――。

「え、うっそぉ……」

驚いたことに、門扉が少しずつ動き始めた。

まさか、本当にこんな方法で門扉が閉じていくなんて、呆気なさ過ぎて信じられない。

でも、大きな赤錆色の門は、ゆっくりと確実に閉じていく。

慌てふためき隙間をぬって逃げ出そうとする亡者らは、ケルベロスがすべて塵へと化す。

先生の一族の人たちも、固唾を呑んで門が閉じるのを見守っていた。

「閉まれ、閉まれ……閉まれ」

少しでも想いが途切れると、門扉は途端に動かなくなる。

オレは先生が見てくれていると信じて、ただ門を閉じることに意識を集中させた。

徐々に、身体が熱くなって、頭にジンジンとした痛みを覚える。

腰の奥がムズムズとして、身体の中に何かが満たされていくような気がしてならない。

なんか、変だ。

頭が重いのに、意識はクリアだった。

不思議な力が漲るのが分かる。

門扉が、あと数センチのところまで閉じていく。

『マスター、あと一息です』

『いいぞ、凌平！』

『頑張れ、マスター！』

ケルベロスの励ましの声に背を押されて、オレは最後の力を振り絞る。

「先生が待ってるんだから、さっさと閉じろってば――ッ！」

オレは無我夢中で、先生へのありったけの想いをのせて、声の限り叫んだ。

それと同時に、オレの身体から白い光が放たれ、門扉を押さえ込んだかと思うと一気に閉じていく。

「ハデスの血が命じる！」

そうして門がぴたりと閉じた瞬間、オレは無意識のうちに叫んでいた。

「我の許しなく冥府の門を行き来する者は、ケルベロスの牙によって引き裂かれ塵と化すと覚えておけ！」

さっきまでの喧騒《けんそう》が嘘のように、あたりが静まり返っていた。

黒い霧や亡者に悪魔だけでなく、先生の一族らしい人たちの姿も見えない。

ただ、人間界への道を照らす炎だけが、音もなく燃え盛っている。

「……終わった、のか？」

茫然とするオレに、ケルベロスが駆け寄ってきた。

「よくやったな、ネロ。ジルヴァアラ。アウリム」

じゃれついてくるのを抱き締めて、思いきり褒めてやる。

そのとき、背後で何かが倒れる音が聞こえた。

振り向いたオレの目に、先生が膝をついて地面に突っ伏す姿が飛び込んでくる。

「せ、先生――っ」

オレは慌てて先生に駆け寄り、傷だらけの身体を抱き起こした。

「先生、大丈夫ですか？　しっかりしてください」

「そんな泣きそうな……顔をするな。気が、抜けただけだ……」

けれど、先生の息はひどく乱れていて、顔色も悪い。

「ほんと、うに……よくやったな。まさか、戒めの呪文まで……瞬時に口にするとは、俺の想像以上だった」

首を傾げると、冥府の門を固く閉じるための呪文は人から教わるものではなく、ハデスの血が口にさせるものだと教えてくれた。たとえ門を閉じることができても、戒めの呪文を唱えなければ門を閉じた状態で維持できないらしい。

つまり、戒めの呪文は冥府の門の閂ということだった。

「……そうだったんだ」

門を閉じてから知ることが多過ぎて、なんだか微妙な気持ちになる。

先生が微笑みをもって、労いの言葉をかけてくれる。

「お前は……本物だ」

「美しい角に、魅惑的な尾……これでお前は正真正銘、ケルベロスマスターとなった」

「え……」

そのときはじめて、オレは自分が悪魔としての本性を現していると気づいた。

頭に手をやり角に触れると、細くて少しうねった角が二本、生えている。そして、やたらと疼いて仕方なかった尾てい骨のあたりから、細い尻尾が生えて揺れていた。

ただ、残念だったのは、オレにはどうやら翼は生えないらしいということ。

「いつの間に……？」

自分でも気づかないうちに身体が変化していたことに驚きと戸惑いが隠せない。

すると先生が可笑しそうに目を細め、オレに教えてくれた。

「門を閉じる瞬間、何か強い欲望……もしくは願いを抱いたのではないか？　それがあの瞬間に膨れ上がり、お前の魔力をさらに高め、本性の発露に繋がったんだろう」

「……なるほど」

頷きつつも、さすがに「先生が欲しい。先生と早く家に帰りたい」という想いをぶつけたとは言えなかった。

「ん……？」

尻尾をたぐってどんなものか見てみると、黒くて細い電気コードに似た尾の先は、スペードのマークみたいに尖っていた。

「なんか、マンガに出てくる悪魔の尻尾、まんまじゃん」

もっとカッコイイ尻尾がよかったなどと思っていると、先生が可笑しそうに肩を揺らす。

「贅沢を言うな……」

そう掠れた声で言ったかと思うと、今度こそばったりとその場に倒れてしまった。

「先生――っ！」

オレが馬鹿だった。

先生、あんな怪我してたのに……なんですぐに手当てしなかったんだ。

ぐったりとした身体を抱きかかえても、先生は目を覚まさない。

「ど、どうしよう……」

血の気が引いた青白い先生の顔を見つめ、涙を流しながらおろおろするばかり。

手当てしようにも、こんなところじゃ何もできない。

ケルベロスが泣きじゃくるオレの頬や手を、慰めるようにそっと舐めてくれる。

そのとき、オレは不意に、自分の体液がケルベロスのエネルギーの源になることを思い出した。

「もしかしたら、先生にも同じような効果が出るかも……」

自信なんてなかったけど、何もしないよりはいい。

オレは、地面に叩きつけられたときにできた手の傷に歯を立てると、皮膚を噛みちぎった。そして、じわっと滲み出た血を先生の薄紫色の口許へ滴らせた。

「先生。頼むから飲んで……？」

数滴、血の雫を飲ませて様子を見たけれど、変化はない。

血がダメなら、唾液だ。

そう思って、一瞬躊躇ってから、自分の唇を先生の唇に押しつけた。

オレの、ファーストキスだ。

——先生……っ。

嗚咽《おえつ》が零れそうになるのをぐっと堪え、そっと舌で先生の唇を舐めて唾液を送る。

大好きな人とのファーストキスなのに、こんなにつらいなんてどうなってんだよ。

「先生、いやだ。死ぬな……消えるなんて、許さない」

何度もキスを繰り返し、涙と一緒に唾液を含ませ、呼びかける。

「オレ、ちゃんとケルベロスマスターとしての務めが……果たせたら、先生に告白するって……決めてたのに……っ」

グスッと洟《はな》を啜って、先生の疲れ果てた顔を見下ろす。

「なんでも欲しい物、くれるって約束しただろ！」

すると、先生の喉がヒクッと動いた。

「……やった。飲んだ……」

しっかりと嚥下するのを認め、期待に胸を震わせる。

でも、いくら待っても、先生は目を覚まさない。

「やっぱり、こんなところじゃダメだ」

冥府が近いせいか、悪い気が充満しているような気がした。

「戻らないと……」

なり振りなんて、構っていられない。

空間移動、するのだ。

オレは傷だらけの身体を抱き締めると、時代劇に出てきそうなあの古民家を脳裏に思い描いた。

戻れるか分からないけど、今のオレなら、できそうな気がする。

だって、先生がオレのことを「本物だ」って言ってくれた。

「先生、帰ろう？」

血管が透けて見える瞼へそっとキスをして、オレは祈るような想いで「帰りたい」と強く願った。

果たして、数秒後に目を開けると、そこは離れのオレの部屋だった。

ちゃんとケルベロスも一緒に戻っている。

「……よかったぁ」

ひとまず胸を撫で下ろし、なんとか先生をベッドへ横たえる。

すると、まるで魔法が解けるように、黒い翼や立派な角が消えて、いつもの先生の姿に戻っていった。

「ええっ……ど、どういうことっ？」

慌てるオレに、すっと横からケルベロスが首を突っ込んでくる。

『魔力が弱ってるんだ』

不意に、頭の中でネロの声が響いた。

ハッとして横に立つケルベロスを見ると、それぞれが今までなかったくらい真剣な眼差しでオレを見上げている。

すると今度はアウリムの声が聞こえた。

『本性を保っていられるだけの力が、もう凱には残っていないのです』

ゴルゴスから助けてくれたとき、先生が言った台詞が脳裏を過る。

――本性でいると魔力を抑えるのにいらぬ力を使う。

「それって、どういう……」

不安に胸が押し潰されそうになりながら、顔を寄せてきたジルヴァラの鼻先を撫でた。

『凱がすごく危険な状態ってことだよ。マスター』

ジルヴァラがオレの頬をぺろっと舐めて答える。

「そんな……」

びっくりして一瞬、頭が真っ白になった。

けれど、ぼやぼやしていられない。

「どうしよう……どうしたら、先生を助けられる？」

悪魔については、多分、オレよりもケルベロスの方が詳しい。何かいい方法を知っているかもしれないと思って訊ねてみる。

「血と唾液は飲ませたけど、反応がほとんどないんだ……」

すると、ネロが答えた。

『そうなったら、あとは精液しかないだろ』

「え……っ」

言われて、急に羞恥が込み上げる。

オレの精液を主食にするケルベロスも、そして先生も、大きな括りでいうと同じ悪魔の仲間だ。だから、先生もオレの精液で傷が癒えるかもしれないってことは、分かってる。

それこそ、血や唾液を飲ませたときも、考えなかったわけじゃない。

だいたい、ゴルゴスに襲われて傷ついたとき、オレは先生に抱かれ、精を注がれて魔力を補うことができた。

「でも、好きな人に……の、飲ませるのはちょっと抵抗が……」

するど、ケルベロスが口々にオレを詰った。

『凌平は凱が目を覚まさなくてもいいのか？』

『マスターを庇って傷ついたのに』

『いくら悪魔でも、それは冷血過ぎませんか？』

こうまで言われると、さすがに良心の呵責《かしゃく》を覚える。

それに、オレはもう散々、先生にみっともない姿を見られてきた。

今さら恥ずかしいなんて言ってられない。

「よしっ！」

意を決すると、オレはケルベロスを球体に戻した。

だって、何を言われるか分からないし……。

そして、先生の枕許に腰かけると、泥や煤《すす》みたいなもので汚れたジーンズを脱ぎ捨て、下着と一緒に床へ放り投げた。

「……はぁ」

深呼吸して、そっと性器に触れると、背中に先生を感じながら無心で自慰に耽った。

浅い先生の呼吸音を訊きながら、目を閉じて性器を擦る。

快感が全身に広がると、尻尾が勝手に動き回った。

「はぁっ、はっ……せんせ、黒葛原せ……んせっ」

もうすぐ、イけそうだ……。

絶頂を予感して、手の動きを速めたとき――。

「なんとも艶《なまめ》かしい光景だな」

突然、先生が目を覚まし、むくっと起き上がってオレの手許を覗き込んだ。

「う、わぁ――っ！」

あまりにびっくりして、悲鳴をあげてしまう。ショックで射精寸前だった性器も一瞬で縮んでしまった。

「か、身体は……大丈夫なんですか？」

手で股間を隠して背中を丸め、顔も見ないで問いかける。

「あんな傷、少し休めば癒える。上級悪魔をなんだと思っているんだ」

先生はオレの肩に顎をのせ、執拗に股間を覗こうとする。

「だが、お前のお陰で回復が早まったのはたしかだ」

言いながら、先生はオレの肩を摑んでベッドへ引き倒した。

「うえぇ……っ？」

あっという間に先生に覆い被さられ、オレは何が起こっているのか分からなくて、目を白黒させる。

「凌平、さっきの言葉は本当のことか？」

「え？　さ、さっき……って」

そんなオレの反応をおもしろがっているのか、先生は見たことのない色っぽい笑みを浮かべてオレを見下ろす。

傷はキレイに消え去っている。角は生えていないのに、目が赤く爛々と光っていた。

「俺のことが、好きだと言ったな？」

「きっ、きき……聞いてた……？」

驚きのあまり、声が震える。先生と目を合わせていられなくて、ぎこちなく横を向いた。

いったい、いつから起きてたんだろ……？

どきどきと心臓が激しく鼓動を打ち、毛穴という毛穴から汗が一斉に噴き出す。

「ああ、おまけに従属の契約まで結ばされた。お前には責任をとってもらわなければならない」

とにかくオレは軽いパニック状態に陥っていた。

「じゅ、じゅうぞくぅ？」

鸚鵡返《おうむがえ》しに問い返した声が、みっともなく裏返る。

それでなくても混乱してるのに、何を言われているのか分からなくて余計に混乱する。

なのに、先生はいつもどおり……ううん、いつも以上に妙に落ち着き払っていた。

「ハデスの末裔の血には、悪魔を従属化する作用がある」

「えっ？」

新たな真相に驚きつつも、またか……という気持ちもあった。

もういい加減、後出しにするのはやめてほしい。

「お前の血をたっぷり飲まされた俺は、もう、お前に従って生きるほかない」

「ま、待ってください……そんなこと、急に言われても——」

頭が真っ白で、何をどう考えればいいのか、整理がつかない。

だって、オレはただ、先生を助けたかっただけで、間違っても従属させたいなんて思ってなかった。

言葉が出てこなくて、池の鯉《こい》みたいに口をパクパクさせていると、先生は何故かオレのTシャツの裾に手を入れてきた。

「な、なにっ？」

ビクッと身体を大きく痙攣させ、先生の下で貧相な身体をギュッと丸める。

「それで、マスター？　冥府の門を閉じたら、褒美が欲しいと言っていたな？」

先生が意地悪くほくそ笑む。

「そ、それは……」

オレは少しの間、とにかく困惑していたけれど、やがて徐々に落ち着きを取り戻していった。そして、先生の行動や言葉の意味について、ようやく考え始めた。

情けないけど、先生にはオレが好きだってことを知られてしまった。

おまけに、助けるつもりで飲ませた血のせいで、先生はオレに縛りつけられて生きなければならないという。

「縛りつけられ……。従属化……」

それって、先生はもうオレの物ってことになるのかな？

ブツブツ呟きながらそっぽを向いて考え込むオレが答えを導き出すのを、先生はじっと待っていてくれる。

「先生が欲しい……って、命令するのもなぁ……」

小さく独りごつと、そっと目だけを先生に向けた。

やっぱり瞳が赤い。戦いの興奮が残っているんだろうか。

煉瓦色の髪を掻き上げて、先生が問いかける。

「考えはまとまったか？」

オレはずっと抱えていた疑念をぶつけるべく、覚悟を決めて口を開いた。

「せ、先生はオレが……ケルベロスマスターだから、その、今までいろいろと……よくしてくれたんですか？」

すると、先生は眉間に深い皺を刻み、呆れた様子で溜息を吐いた。

「そんなことも分からないのか。これだから、俄《にわか》仕込みは困る」

「誤魔化さないで、ちゃんと答えてくださいってば！」

はっきりとオレでも分かる言葉で言ってくれないと、都合よく解釈してしまいそうだ。

「なあ、凌平。たとえ相手がケルベロスマスターであったとしても、愛しくもない他人を、この俺が抱くと思うか」

苦笑交じりにそう言って、先生はそっとオレの頬に左手を添えた。

「むしろお前に従属されたかったんだ。そんなことも分からないのか、凌平」

「……えっ」

色っぽい表情で見つめられ、全身がカッと熱くなる。

けれど——。

けれど、その声はすぐに、先生に呑み込まれてしまった。

なかなか欲しい言葉を口にしない先生に焦れて、オレは声を張りあげた。

「そうじゃなくて……っ」

いきなり唇を塞がれて、心臓が胸を突き破りそうなほど、驚きに目を瞠る。

「う、ん——っ」

押さえつけるようなキスに息苦しくなっても、先生はなかなか離れてくれなかった。

「ふっ……ぅう……ん」

分厚い唇を押しつけ、長く甘い舌でオレの口腔を貪る。

同時に、頬を撫でていた左手で、射精寸前で放り出されたオレの性器に触れた。

「んあぁ……っ！」

直接的な快感に思わず首を仰け反らせると、キスが解かれる。

オレは酸素を吸い込みながら、涙目で先生を見上げた。

「な、んで……」

ケルベロスを具現化するでもなく、身体を癒すためでもないのに、どうしてオレに触れるんだろう。そこに、特別な意味は存在するんだろうか。

「……お前は、こういうときになると異様に色っぽくなるな」

ゆっくりと上体を起き上がらせて、オレを胡座を掻いた脚の上に跨がせると、先生はそう言って目を細めた。

「い、色っぽくなんか……」

否定しようとしたところを、こつんと額と額をくっつけられて息を呑む。

「美しい角をずっと見ていたいが、ハデスの末裔でもなく、ケルベロスマスターでもない、ただのお前を抱きたい。凌平、本性を引っ込められるか？」

今までの訓練のときみたいに言われて、少し我に返った。

「ほ、本性って……角と、しっぽ？」

「ああ」

先生はコクンと頷くと、「今のお前なら容易いはずだ」と言った。

そして、その言葉どおり、オレはふだんの自分を思い浮かべることで、悪魔としての本性を身体の内側に閉じ込めることができた。

「これで、いいかな？」

自分で頭に触れて、角がないことを確かめる。

「いや、五十点だ」

どういうことだろうと、首を傾げる。

「欲情しているからか、尻尾までは無理だったようだ」

先生はそう告げるなり、オレの腰を浮かせて手を差し入れて黒い尻尾を摑んだ。

「んあ――っ！」

その瞬間、これまでの快感とはまったく違った種類の快感がオレを襲った。

「やはり、尾が性感帯のようだ」

先生の低い声が聞こえても、新たな快感に喘ぐオレは理解できない。

「やぁっ……しっぽ、触らない……でっ」

性器や乳首を弄られたときと同じ、いやもしかしたらそれ以上の快感に、呂律が回らなくなる。

「マスターの命令でも、それは聞き入れられない」

そう言うと、先生はオレの腰を抱え、脚を大きく開かせたかと思うと、腰を進み入れてきた。そして、器用な手で手早く三つ揃いのスーツを脱ぎ捨てていく。

「あ、あ……」

眼前に現れた美しい身体に、思わず見入ってしまう。

「お前の血にあてられたせいで、正直、余裕がない……」

先生は右腕でオレの左脚を抱えると、左手で股間の一物《いちもつ》に触れた。

知らず視線が吸い寄せられ、はじめて目にした先生のナニの大きさに唖然とする。

「デカ……い」

声に出ていたなんて、意識していない。

「お褒めに預かり、光栄です。マスター」

先生がおどけながら、太く逞しい男根をオレの性器に擦りつける。

「あっ……な、なんでっ……」

展開が急過ぎて、快感にうち震える身体と、とにかく混乱する心がバラバラだ。

「すまない……とにかく、一刻も早く……お前とのたしかな繋がりがほしいんだ」

先生の声が震えている。言葉どおり、余裕がないみたいだ。

「で、でもぉ……っ」

先生の大きなモノと一緒に擦られると、何も考えられなくなる。

「次は……うんと優しく、してやる。だから……」

喘ぐように言ったかと思うと、先生は高くオレの腰を抱え直した。そして、尻尾が揺れる尻の狭間に、太くて硬い屹立を押しあてる。

「あ――」

その瞬間、次に襲いくる衝撃を予感して、オレは無意識に先生の背中に腕を回していた。

そして、脚を筋肉に覆われた腰へ絡ませる。

「凌平……ッ」

掠れた声で名前を呼ばれると同時に、一気に奥まで貫かれた。

目の前が真っ白になって、息が詰まる。

きつく腰を抱き締められて、そこから折れてしまいそうな錯覚を抱いた。

乱暴で性急な行為に痛みは欠片もなく、あるのはただ、圧倒的な快感だけ――。

「……ああ、なんて……熱さだ」

先生がぶるぶると腕や腰を痙攣させながら、掠れて上擦った喘ぎを漏らす。

「バ、カァ……ッ」

オレは腹の中がみっちりと先生で埋め尽くされるのを感じながら、ぎゅっと抱き締める男の背中を拳で小突いた。

「い、挿れる……前に、……好きって……言えよぉ」

ぼろぼろと涙が溢れて止まらない。それが、先生への怒りのせいか、それとも快感のせいなのか、オレには分からない。

ただ、たしかな言葉が欲しくて仕方がなかった。

「ああ、好きだ」

先生がゆるゆると揺さぶりながら、くしゃっと笑ってくれる。

「角と尾が現れたお前の姿は、どんな悪魔よりも美しくて、俺はあのとき……心から見蕩れていたのだ」

徐々に身体を大きく揺すりながら、先生は堰《せき》を切ったように甘い言葉を囁いた。

「だが、俺が愛しく思ったのは、ケルベロスマスターのお前ではなく、凌平という個人だ。……まるでただの人のような、お前が愛しい」

「せ、せんせっ……」

誰にも言われたことのない言葉に、身体が歓喜するのが分かった。

「あまり、締めつけるな。すぐに果ててしまう……っ」

先生が切なげに眉を寄せる。

そんな表情をさせているのが自分だと思うと、もっと気持ちよくさせたくなる。

「オレのこと、ちゃんと……先生でいっぱいにして――」

背中を掻き抱き、尻尾で先生の項《うなじ》をくすぐる。

「もっと、壊れるくらい、抱いて……っ」

「まったく……とんでもない豹変ぶりだな」

先生は苦笑を浮かべると、オレの尻尾を摑んだ。

「さすが、冥王ハデスの末裔……。お前のその貪欲さには……惚れ惚れさせられる」

オレは潤んだ瞳で先生を見上げた。

「こんなオレは……キライ？」

ほんの少しだけ、不安が顔を覗かせる。

すると、先生はオレの額に口付け、吐息交じりに言った。

「まさか。……俺たちは悪魔だぞ？　貪欲さは美徳だ。嫌いになどなるはずがない」

そう言うと、項を弄っていた尻尾を摑みとる。

「ああ……っ」

尻尾を摑んだままピンと引っ張られると、付け根の部分が痺れて射精感が込み上げた。

「ご要望に応えて……いっぱいに、して……やろう」

先生は少し腰を引いて、手にしたオレの尻尾の先を、尻に当てる。

「——え」

まさか、と思った瞬間、先生のモノを咥えた窄まりに、尻尾を捩じ込まれた。

「んあぁ——っ」

先生の性器と自分の尻尾を挿入されて、想像を絶する快感が込み上げる。

はしたない嬌声《きょうせい》を放つと、先生が激しく腰を叩きつけ始めた。

「あんっ……あ、んあっ……いい、せんせ……すき、……すきで……す」

一心不乱に快感を追いかける先生にしがみつく。

「ああ、俺もだ……凌平。お前を……愛してる——」

待ち望んだ言葉を耳にした瞬間、オレは呆気なく絶頂に至った。

「この身が塵となって消え果てても、未来永劫、俺はお前の物だ……っ」

そして、先生があとを追うようにして果てたのを感じた瞬間、プツリと意識を手放した。

目覚めると、昨日と同じように、先生がベッド脇で椅子に腰かけていた。

「体調はどうだ」

「えーっと……」

昨夜のことを思い出すと、さすがに照れ臭い。

「全身、すっごく怠いです。筋肉痛みたいな……感じで」

不思議なことに、お尻はまったく問題なかった。少しの違和感もないのは、やっぱり悪魔だからだろうか。

「起き上がれそうにないなら、食事をここへ運ぶが……」

ぶっきらぼうな態度はそのままだけど、先生がなんとなく優しく感じるのは気のせいだろうか。

「そこまでしなくても、もう少ししたら起き上がれそうだから、大丈夫です」

「ならいいが、無理はするな」

先生が心配そうに念を押す。

やっぱり前よりも優しいと思うと、その優しさの意味を確かめたくなるのが、オレの性分だった。

「えっと、確認しときたいんですけど、従属化……って具体的にはどういった関係になるんですか？」

昨夜、ちゃんとお互いの想いを確かめたはずだけれど、「従属化」という言葉がどうしても気になっていたのだ。

「アレは、言ってみれば単なる言い訳だ」

「……言い訳？」

好きになるのに、言い訳なんかいるのだろうか。

「何百年も生きて、悪魔だけでなくいろんな人間を見てきたせいか、好きだとか愛しいという感情だけでは、どうしても踏み出せないのだ」

灰赤色の目を細め、静かにそう言った。

「お前に血を与えられ、従属化されたことで、お前への想いを解き放つことができた」

なんだかすごく身勝手な気がする。

オレは先生を睨みつけてさらに問い重ねた。

「言い訳がなかったら、オレのこと、どうするつもりだったんですか」

「おそらく、厳しくして突き放していただろう」

先生の言葉に、訓練の途中で一時、放置されたことを思い出す。

「それって、ちょっとやだなぁ」

すると、先生が身体を乗り出すようにして、オレの髪に手を伸ばした。

「俺にも……いや、我が一族にもいろいろと事情があるんだ」

冥府の門前で垣間見た、先生の一族の人たち。彼らはふだん、門扉の向こう側で悪魔や亡者を取り締まっているらしい。オレが門を閉じた瞬間、ケルベロスマスター不在の間の務めを終え、冥府へと帰っていったのだと先生が教えてくれた。

「どんな事情ですか？」

オレに何でも話してほしいと言われたことを思い出したのか、先生は少し困った顔で話し始めた。

「具現化しても門番としての務めを果たせないケルベロスは駄犬とされ、焼かれて亡者たちの餌とされる。同時にマスターは、冥府で慰み者となるのだ」

かつて先生が仕えたマスターとケルベロスがたどった末路を聞かされて、さすがに平然としていられない。

「お前は悪魔としては本当に異例の存在だ。突然降りかかった災難ともいえる運命に抗うこともせず、素直に身を挺《てい》して努力する姿を見て、お前を……彼らと同じ目に遭わせたくないと思い、厳しくあたったのだ」

それは、先生の優しさの裏返しだ。

「じゃあ、オレがケルベロスマスターじゃなかったから、毎日あんなにたくさんスイーツを作ってなかった？」

特別な想いを抱くケルベロスマスターだからこそ、先生も気を遣っていたんじゃないだろうか。

「いいや、それは違う」

先生はきっぱりと否定すると、オレが下宿すると決まったときから、スイーツを毎日出すと決めたと話してくれた。

「親もとを離れての新しい生活は、何かと不安だったり心細かったりするだろう。だから、好物を食べて少しでも気を紛らわせてやれたらと思ったのだ……」

黒葛原先生の優しさは、多分、天使も顔負けするに決まってる。

「そういうこと、最初が無理でも途中で言ってくれればよかったのに」

最初の頃、先生が何を考えているのか分からなくて、すごく戸惑ったと打ち明けると、先生は「言えるわけがない」とそっぽを向く。

「いつの頃からか、お前が俺の作った物しか食べられなくなればいいと、下心が芽生えたことに気づいたからだ」

先生に下心なんてあったのかと、意外に思いながらも興味津々に質問する。

「いつ、芽生えたんですか？　その下心」

先生はすっかり顔を背けてしまって、オレからは表情が見えない。

「デザートガレットを出した日のことを覚えているか」

「あ、ああ！　ケルベロスがオレの言うこと聞いて、お座りしたときですよね」

当時のことを思い浮かべるが、オレには思い当たる点はない。

「あのとき、……生まれてはじめて、俺を悪者扱いするケルベロスに嫉妬したのだ」

「ええっ！　先生が、嫉妬……！」

先生は本当に恥ずかしいと感じているんだろう。もうずっとオレと目を合わせないまま、ムスッとして壁を見つめている。

そして、ずっと自分だけの胸に秘めていた想いを、オレに打ち明けてくれた。

「マスターとなる者に対して、特別な情は不要とされていた。しかし、俺はお前がかわいいと思うことを止められなかったし、優れた潜在能力ゆえか、何度も凌平の色香と魔力に惑わされそうになった……」

先生がそんなに悩んでいたなんて、欠片も気づかなかった。

「おそらく、先に堕ちたのは、俺の方だ」

ふわりと、照れ臭そうに微笑む先生に目を奪われる。

「お前が思うよりも、俺は凌平のことが好きだ。分かれよ。マスター」

「マ、マスターなんて呼ばないでください。先生は……オレの、こ、恋人なんだから！」

真っ赤になって強い口調で告げると。先生がふわりとオレの頭を抱き締めた。

「ああ、そうだな」

先生は何度も頷いて、そして、甘いスイーツみたいな深いキスをくれた。


ローズムーンの夜から数日後、オレとケルベロスは冥府から逃げ出した悪魔や亡者たちをすべて、捕らえたり消滅させたりし終えた。

　そして、ケルベロスマスターとして魔力を覚醒させたオレは、冥府からの要請に応じて門を訪れ、出入りする者の検問をすることになった。

　ようやく平穏が訪れ、オレは遅ればせながらふつうの大学生としての日常を過ごし始めていた。昼間は大学で真面目に勉強して、黒葛原先生の悪魔の特別講義も引き続き受けている。そして、少しだけ余裕ができたお陰で、友だちと遊んだりする時間も増え、充実した学生生活を送っていた。

「マスター、何やってるの？」

「勉強だよ、勉強」

　離れの自室で机に向かっていると、銀髪の美しい青年が手許を覗き込んできた。

「まだまだ悪魔としては未熟だって思い知らされたし、先生と付き合っていくなら、もっとスキル上げてくしかないって気づいたからさ」

「さすが、おれの凌平だな」

　大きく頷いたのは、黒髪のイケメンだ。

「ジルヴァラ、ネロ。マスターの勉学の邪魔をするな」

　金髪の青年がオレの肩を揉みながら、二人を牽制する。

　ローズムーンが西の空に沈んだ翌日、ケルベロスを具現化すると、なんと三人は青年の姿で現れた。成人の姿で具現化できるようになったことは、ケルベロスマスターとしての魔力をほぼ身につけたということだ。

以来、三人は先生の家で暮らしながら、人形となってオレの世話をアレコレと焼いてくれる。三人とも髪と瞳の色以外はまったく同じな超絶イケメンで、ときどき外に連れ出すと女の子たちがキャーキャー騒ぎ立てるほどだった。

ちなみに、耳と尻尾は滅多なことでは出現しない。

「凌平は勉強なんかしなくても、おれたちが守ってやるのに」

「そうだよねぇ。人間の勉強なんて、意味ないと思うんだけど」

「肩も首も凝り固まって……マスター、可哀想に……」

三人がずっとそばにいるせいで、思うように勉強が捗《はかど》らない。

そろそろ休憩しようかと思ったところへ、黒葛原先生が顔を覗かせた。

「おい、お前たち。凌平を甘やかすな！」

ケルベロスたちを一喝すると、怒りの矛先を今度はオレに向けた。

「凌平、仕事でもないのにケルベロスを具現化させるな。魔力の無駄遣いだ」

すると、ネロがすかさず先生に突っ込みを入れる。

「そういうお前が手に持っているのはなんだ？」

ジルヴァラがあとに続く。

「甘そうないい匂い」

そして、アウリムがとどめを刺す。

「一番甘やかしているのは、凱、お前ではありませんか。次から次へと菓子ばかり与えて」

「……っ」

先生もさすがにこれには言い返せない。

だって先生自身、オレを甘やかしている自覚があるからだ。

「まったく、成人化した途端に口ばかり達者になって……」

先生はケルベロスたちをジロッと睨みつけ、ブツブツと聞こえないように文句を言う。

バツの悪そうな先生なんて、はじめて見た。

さすが先生よりもさらに年上だけあって、本来はケルベロスたちに頭が上がらないのかもしれない。

部屋の入口に立ったままの先生がだんだんと可哀想になって、オレは助け舟を出した。

「先生を困らせるなよ。もう」

そう言って、ケルベロスを球体に戻す。

「先生、ごめんなさい。ここ最近大学が忙しくて、ケルベロスたちを構ってなかったから、つい……」

ケルベロスの球体をポケットにしまうと、先生が銀のトレーを手に部屋に入ってきた。

「いや、ケルベロスとの信頼関係のためにも、ときどき構ってやるのはいいことだ。……で、歴代のケルベロスマスターについてのレポート、進んでいるのか？」

「もう少しです。多分、今日中には書き上げられると思うんで、あとで見てください」

答えながらローテーブルに置かれたトレーを見ると、大好きなパンケーキがのっていた。

「頭を使うと甘い物が欲しくなるだろうと思って、差し入れに焼いたんだが……」

飲み物は紅茶を用意してくれている。ティーカップは二人で選んだ新しい物だ。

「まあ、お前の場合は、いつだって甘い物に飢えているようだがな」

先生がクスッと笑ってオレを見る。

「否定はしません」

あっさりと認めて椅子を下り、先生の隣に膝をつく。

「けど、今は別のご褒美がほしい……かな」

最近、忙しかったのは先生も同じで、なかなか二人で触れ合う時間がとれていなかった。

先生が目を細めて苦笑する。

「甘えるな、ケルベロスマスターともあろう者が」

そんなことを言いながらも、先生は触れるだけのキスをくれる。

ほんのりとバニラの味がする、甘い甘い、極上のご褒美。

「フフッ」

しばらくの間、キスと抱擁《ほうよう》を堪能する。

――そういえば、ケルベロスのご褒美にあげる精液を、別の形にするのってどうするんだろう。

「ほら、もういい加減にして食べろ」

……まあ、いいか。

「じゃあ、遠慮なく、いただきまーす！」

先生に促され、オレは嬉々としてナイフとフォークを手にとった。

ごくふつうの、ありふれた、平凡な人生じゃないけど。

でも、

オレは、幸せだ。

だって、悪魔だけど優しい恋人と、頭が三つあるけど従順で勇敢なペットに恵まれた。

それに、甘くて美味しい恋人手作りのスイーツが毎日食べられるんだから。

あとがき

こんにちは、Splush文庫様でははじめまして……になります。四ノ宮慶《しのみやけい》です。

この度は『今日から悪魔と同居します』を手にとってくださいまして、本当にありがとうございます。

ほんのちょっとですが、ネタバレが含まれていますので、気になる方は先に本編を読んでからご覧ください。


今回のお話は、手許にあったドッグトレーナーのプロットを打ち合わせで見ていただいた際、担当さんから「ふつうの犬じゃなくて魔犬とか……」というようなアドバイスをいただき（すでに記憶が曖昧）、私が「じゃあ、ケルベロスとかどうですかね？」という流れで生まれました。

最初にお仕事のお話を頂戴したときは「四ノ宮さんらしい、ハードなものや愛ある鬼畜攻めとかどうでしょう？」というお話だったのですが、何故か受けクンがオナニーして精子かけてケルベロスと駆け回る悪魔のお話に……。

とはいえ、アレコレ調べたり設定を考えるのがとても楽しく、これでもかとばかりに盛り込んだ揚句に、行数を増やしてページ数を調整していただく結果になってしまいました。

　本当は獣姦とか青年姿のケルベロスを交えての5Pとか、ほかにもイロイロなプレイを書く予定だったんですよ……。今回書けなかったモロモロは、いつか書く機会がいただけたら嬉しいです。（ご要望は是非、編集部へ！）

　今回がはじめてのお仕事になります担当様。体調不良だの家の事情などで、本当にご迷惑をおかけしてすみませんでした。細やかで的を射たご意見や改稿指示に、今回はとても助けていただきました。ありがとうございます。どうぞ今後ともよろしくお願いします。

　イラストのお力添えをいただいた小山田《おやまだ》あみ先生。久々にお仕事ご一緒できて光栄です。ラフを頂戴した日はあまりの素晴らしさに興奮してしまって、正直ちょっと作業が手につかないくらいでした。黒葛原《つづはら》先生の英国紳士ぶり、子犬ケルベロスと幼児ケルベロスの愛らしさ、ゴルゴスの妖しさ、そして凌平《りょうへい》の、強大な魔力なんか欠片もなさそうなかわいいスイーツ男子ぶり！　本当にイメージそのままでとても嬉しかったです。ご多忙の中、お話のイメージにとても合ったイラストを描いてくださって、心から感謝しております。

　そして最後までお付き合いくださった読者様。少しでも楽しんでいただけたなら嬉しく思います。よろしければご感想など、編集部宛てに送っていただけたら幸いです。もちろん、Twitterや公式サイトのアンケートフォーム等をご利用いただいても嬉しいです。どうぞよろしくお願いします。

　では、また次のお話でお目にかかれることを期待して……。

Splush文庫

この本を読んでのご意見・ご感想をお待ちしております。

◆ あて先 ◆

〒101-0051
東京都千代田区神田神保町2-4-7 久月神田ビル7階
㈱イースト・プレス　Splush文庫編集部
四ノ宮 慶先生／小山田あみ先生

今日から悪魔と同居します

2018年5月28日　第1刷発行

著　者　四ノ宮《しのみや》 慶《けい》
イラスト　小山田《おやまだ》あみ
装　丁　川谷デザイン
編　集　藤川めぐみ
発行人　安本千恵子
発行所　株式会社イースト・プレス
〒101-0051
東京都千代田区神田神保町2-4-7 久月神田ビル
TEL 03-5213-4700　FAX 03-5213-4701
印刷所　中央精版印刷株式会社

ISBN 978-4-7816-8614-1
定価はカバーに表示してあります。